비트
BEAT KIDS
키즈

이번에는 록이다!

카제노 우시오 장편소설

양억관 옮김

창비

차 례

나의 새 가방

전속력으로 달렸더니 가방 속의 내용물들이 달그락달그락 왼쪽 허벅지에 닿아 좀 아프다. 비스듬하게 멘 가방끈이 너무 길어서 그런 건지 내용물이 너무 적어서 그런 건지 지금은 신경 쓸 여유가 없다.

신사이바시(心齋橋) 지하철역에서 아메리카 마을(오오사까 남부에 있는 쇼핑·유행의 거리. 1970년대에 미국 중고 물건을 파는 가게들이 생기면서 거리가 형성되었다 ─옮긴이) 쪽 출구로 올라가 큰길에서 곧장 좁은 골목으로 들어가 계속 달렸다. 자주 오지는 않았지만 거리의 풍경이 독특해서 가는 길은 제대로 외우고 있다.

아메리카 마을 쪽으로 돌아들자마자 지나가는 사람들의 옷이 확

달라졌다. 갈색, 빨간색, 노란색으로 물들인 머리와 힙합바지에 귀에도 코에도 피어스를 한 형들이 가게 앞 계단에 쭈그리고 앉아 이야기를 나누고 있고, 청바지 위에 하늘하늘한 스커트를 입은 신기한 차림의 누나도 있어 아무리 봐도 질리지 않을 것 같다.

평범한 하얀 티셔츠에 청바지뿐이라 나 혼자만 이 거리와 어울리지 않는 외톨이 같다는 느낌이 들었지만 오늘은 다르다. 새 가방 덕택에 이곳과 멋지게 어울린다고 생각하는데, 과연 어떨까. 빨리 다른 놈들의 의견을 들어보고 싶다.

안 돼. 쓸데없는 소리 하고 있을 시간 없어. 벌써 삼십 분…… 아니, 사십 분이나 늦었으니 완전 지각이야.

모퉁이를 돌아들자 멀리 산까꾸(三角) 공원이 보였다. 공원 입구에 서서 나를 째려보고 있는 겐따의 얼굴이 치달리는 리듬에 맞추어 위아래로 흔들리며 점점 커진다.

응? 심술궂게 치켜 올린 눈썹과 뾰로통한 볼은 여전한데 머리 모양이 평소와 다른 것 같다. 왜일까.

"겐따, 어떻게 된 거야?"

"어떻게 되긴. 네가 늦는 바람에 모두 삼십 분 넘게 기다리고 있잖아."

뒤꿈치를 조금 세우고 내 코앞에 삿대질을 하면서 겐따는 말했다. 밑창이 두꺼운 스니커의 발꿈치를 불쑥 들어 올릴 때마다 볼 옆에서 머리카락이 귀엽게 흔들린다.

멀뚱멀뚱 쳐다봤더니 겐따는 더욱 화를 냈다.

"사람 얼굴을 왜 뚫어지게 보고 그래. 지각했는데 사과 안 해, 사과?"

"늦어서 미안……. 근데 겐따, 그 머리 좀 이상하지 않아? 그게 요즘 유행이야?"

그렇게 말하자 놈의 안색이 바뀌었다. 그러곤 우에엑! 묘한 비명을 지르며 두 손으로 머리를 감싸 쥐더니, "뭐, 뭐야 이거!"라며 우렁차게 소리 질렀다.

"너희들 왜 아무 말도 안 했어!!"

뒤쪽 벤치에 앉아 자지러지게 웃고 있는 사또시와 시게에게 달려드는 겐따의 머리 모양은 어린 여자애처럼 양쪽으로 갈라 끈으로 묶은, 그 이름도 유명한 '삐삐 머리'였다.

머리끈을 풀고 어깨까지 머리칼을 늘어뜨린 채 여전히 분한 표정으로 사또시와 시게를 노려보고 있다.

"미안하다고 하잖아. 악의로 그런 건 아니야. 몇 분이나 지나야 눈치챌지 사또시와 내기했거든."

"그게 악의가 아니면 뭐야!"

겐따는 창피한 머리 모양보다도 친구 둘이 아무 말도 해주지 않았다는 데 더 열 받은 것 같았다.

머리를 빨리 기르려면 묶는 게 가장 좋다는 말을 듣고 겐따는 오늘 아침 일어나 정성 들여 끈으로 묶은 다음, 밥을 먹고 이런저런 준비를 하고…… 그러다 머리를 묶었다는 사실도 까맣게 잊은 채 집을 나왔다고 한다.

"집에서 아무도 말 안 해줬어?"

내가 물었다.

"아빠는 휴일 출근. 엄마와 누나는 내 아침밥만 두고 둘이서 쿄오또의 미술관으로."

흉악해 보일 만큼 험상궂은 눈으로 겐따가 말했다.

"그래도 보통은 금방 눈치채시 않냐."

남의 일처럼 태평한 사또시에게 겐따의 발길이 날아갔다.

사또시는 슬쩍 얼굴을 찌푸리며 청바지에 묻은 발자국을 털어내더니 무덤덤하게 말했다.

"내가 십 분, 시게가 삼십 분이었으니까…… 음, 내가 졌네."

주머니에서 100엔 동전을 꺼내 시게에게 건넸다. 어이, 내기라는 게 고작 100엔이었어?

"너희 겨우 100엔 때문에 사람을 이렇게 쪽팔리게 했냐고."

겐따가 화내는 것도 당연하다. 어차피 내기할 거면 좀 더 큰 돈을 걸지……. 하긴 그런 문제가 아니지만.

사또시는 다시 냉정하게 딱 잘라 말했다.

"남자 두 명한테 헌팅까지 당했는데 눈치 못 채는 놈이 이상하지."

"엑, 남자한테 헌팅 당했어?"

깜짝 놀라는 순간 겐따가 머리를 쥐어박았다.

"평소에도 가끔 정신 나간 아저씨가 말 걸기도 하니까, 아까도 그런 놈들인가 했지."

초등학생 때는 '이상한 아저씨를 조심합시다.'라고 쓴 인쇄물을 자주 받기도 했는데 고등학생이 되어서도 그런 아저씨의 표적이 되다니, 정말 불쌍한 녀석이다. 그러나 아까 그 귀여운 삐삐 머리를 보건대 이 나이에도 이상한 아저씨의 표적이 되는 게 이해가 간다. 아마 그 두 사람은 이 녀석을 진짜 여자인 줄 착각하고 헌팅하려 했을 테지만.

"모두 모였네. 빨리 신청서 내고 밥 먹자. 기다렸더니 진짜 배고프다."

일어서서 가볍게 내 머리를 두드리며 시게가 말했다.

"정말 늦어서 미안."

나는 두 손을 모아 사과했다.

"뭐, 됐어. 에이지는 늘 맨 먼저 오니까. 한 번쯤은 기다려도 괜찮아."

시게는 그러면서 웃음을 띤 채 저쪽 모퉁이에 있는 라이브 하우스 건물을 향해 걷기 시작했다.

"아, 불공평해, 불공평해!!"

네 명 중 가장 뒤에 있던 겐따가 초등학생처럼 꺅꺅 시끄럽게 굴었지만 아무도 지각 대장을 상대해주지 않았다.

오늘 우리가 아메리카 마을까지 온 것은 '록 키즈 콘테스트'라고, 여기 라이브 하우스가 청소년을 대상으로 주최하는 대회에 참가 신청을 하기 위해서였다. 이 대회에서 우승하면 사용료를 내지 않고도 라이브를 할 수 있는, 즉 라이브 하우스 전속 밴드가 될 수 있다고 한다. 나는 그런 데 별 흥미 없지만 겐따가 무슨 일이 있어도 진짜 라이브 하우스에 나가고 싶다고 해서 한번 시도해보기로 했다.

한 명만 대표로 와서 데모 데이프와 참가비 2,000엔을 내노 되지만, 마침 일요일까지 이곳 악기점에서 기타를 비롯한 비품을 세일한다는 소식에 사또시와 시게가 기타 줄을 바꾸겠다고 해서 모두 따라나섰다.

오늘 아침에도 나는 (중학교 때부터 해온) 신문 배달 때문에 4시에 일어났다. 집합 시간이 11시인데 배달하고 돌아와 바로 집을 나서기가 어중간해서 좀 잘까 했던 것이 문제였다. 9시 반에 맞추어 둔 알람 시계를 꺼버린 것이다. 마침 11시 십 분 전에 두 살배기 여동생이 까불며 놀다 내 머리를 밟아주지 않았더라면 분명 밤까지 계속 잤을 것이다. 착한 미사끼에게 감사!(집에 돌아가면 머리를 밟은 건 확실히 갚아줄 테지만.)

"에이지, 늦은 건 괜찮은데 설마 테이프 잊어버린 건 아니겠지?"

길을 건넜을 때 시게가 돌아보며 물었다.

지난주 토요일에 우리 학교가 있는 M시 시민학습센터의 녹음실을 빌려 난생처음 만든 데모 테이프. 무진장 기뻐서 내가 가지고 가겠다고 억지를 부려 일주일 내내 집에서 그 녹음테이프를 들었다.

한 면에 오 분씩. A면에는 작년 문화제 때 경음악부 무대에서 첫 번째로 연주했던 기념비적인 곡, 레드 제플린의 「록앤드롤」(Rock And Roll)이 들어 있다. 옛날 옛적 곡이지만 역시 멋있다. 보컬을 맡은 겐따의 주욱 뻗어나가는 고음도 곡과 딱 맞고.

그리고 B면에는 우리 밴드의 창작곡. 보컬 겐따가 작사 작곡한 것이다. 바보 같은 겐따가 이런 곡을 만들었다고는 상상이 안 되지만 가사는 영어로 썼고 곡은 브리티시하드록 같은 걸쭉한 맛을 풍긴다. 자기 자랑이 쑥스럽긴 하지만 진짜 엄청나게 좋은 곡이다. 다른 사람들에게 빨리 들려주고 싶어 견딜 수 없다. 그러면서도 남에게 테이프를 넘겨주는 것이 아깝기도 한 복잡한 심정이다.

"잠깐 기다려. 확실히 챙겨 왔으니까."

가방 안을 더듬는데 갑자기 겐따가 큰 소리로 말했다.

"에이지, 네가 웬일이야. 그거 새 가방이지? 게다가 메이커."

"어? 이거 메이커였어?"

정말 몰랐다. 그러고 보니 검정색 바탕 위에 하얀색으로 뭔가 영어 로고가 쓰여 있다. 한가운데 두 글자, 소문자로 d와 b가 치켜 올라간 눈처럼 그려진 게 화났을 때 겐따의 얼굴과 닮았다.

"이거 너랑 닮았네."

"그런 문제가 아니잖아. 내가 알고 싶은 건 정가 4,900엔의 비싼 가방을 왜 가난뱅이 에이지가 들고 있느냔 거야."

"꽥! 이거 4,900엔이나 해!"

이렇게 비싼 건 줄 알았으면 그렇게 순순히 받지 않았을 텐데…….
그보다 아무리 친척에게 받았다곤 하지만 이 비싼 걸 필요 없는 거
라면서 간단히 다른 사람에게 줘버리는 감각이 이해가 안 간다.

"가격을 모른다는 건 받았다는 거네? 도대체 누가 줬어?"

"아니, 누구에게 받은 게 아니라……."

센나의 추궁에 말을 얼버무리는데 우리 뒤에서 사또시가 겐따의
머리 너머로 공원 안쪽을 손가락질했다.

"아까부터 신경 쓰였는데 저거 뭐야? 오늘 무슨 행사라도 있나?"

공원 안 벤치로 둘러싸인 공터 한구석이 텐트 같은 천으로 싸여
있었다. 운동회 본부석처럼 지붕에만 천을 씌운 게 아니라 지면까
지 푹 뒤집어씌워 안을 볼 수 없게 만들어두었다.

누렇게 바랜 무늬 없는 하얀 천에는 아무 글씨도 쓰여 있지 않다.
공원 앞을 지나는 사람들은 흘끗 쳐다볼 뿐 그대로 지나치는데 아
까부터 하늘하늘한 스커트 차림의 여자아이들이 우르르 그 텐트(?)
주변으로 모여들기 시작했다.

"글쎄, 뭘까."

시계가 사또시를 바라보며 뚱한 표정으로 말하는데 공원에 있던
누군가의 시계 알람이 삑삑 12시를 알렸다.

폭발음에 가까운 뒤틀린 기타 소리와 함께, 칼로 잘라 떨어뜨린

듯 가로막아둔 천이 감쪽같이 사라지고 번쩍번쩍 빛나는 밴드가 나타났다.

보컬, 기타, 베이스, 그리고 드럼 녀석까지 새하얗고 치렁치렁한 드레스 같은 걸 입었다. 팔이나 깃에는 잔뜩 레이스가, 등에는 은색의 천사 날개가 붙어 있고, 게다가 보컬의 머리는 반짝반짝 스트레이트 은발! 우리 네 명은 적어도 오 초 동안 그 엄청난 차림새에 얼이 빠져 소리에는 신경도 쓰지 못했다.(아, 말하는 걸 잊었는데 물론 그 멤버는 모두 남자였다.)

땅 위로 뭉게뭉게 피어오르는 연기처럼 천막이 주변을 감싸 그들은 마치 구름 위에서 악기를 연주하는 천사처럼 보였다. 그러나 음악은 도무지 천사 이미지와는 다르게 쾅쾅 울리는 시끄러운 하드록이었다.

야외라서 그런지 앰프 상태가 별로라서 가끔씩 끼익 하는 하울링이 들렸다. 그렇지만 그런 하울링 같은 게 없다 하더라도 기타와 보컬의 고음이 귀에 좀 거슬렸다. 간만에 멋진 리듬과 밝은 음색의 드럼이었는데 그게 조금 안타까웠다. 새하얀 옷과 화장이 잘 어울리는 미남형이긴 하지만 저 드러머 자식은 이 밴드와 어울리지 않는 것 같다.

눈 깜짝할 사이에 공원 주변으로 많은 인파가 몰렸다.

처음부터 진을 치고 있던 여자아이들은 이 밴드가 오늘 여기서 공연하는 것을 알고 온 팬들인지 맨 앞줄에 모여 하나같이 통통 하늘로 솟구쳐 오르고 있었다.

사람들 때문에 밴드의 모습이 잘 보이지 않자 겐따는 근처 가게 입구에 세워둔 나무 상자 위에 멋대로 올라서서 발꿈치를 들어 올렸다. 불안정한 자세로 잠시 진지하게 보고 있다가 홀쩍 뛰어내리곤 내뱉었다.

"저런 거…… 록도 아냐."

뒤를 이어 사또시도 말했다.

"기타가 심하다. 센스라고는 빵점이야."

"베이스도 별로네."

나도 뭔가 꼬투리를 잡아야겠다고 생각하다가 "그래도 드럼은 꽤 잘하지 않아?"라고 솔직하게 말하는 통에 겐따의 눈총을 받았다.

난 아직 사또시나 겐따처럼 음악에 대해 잘 모르니까 뭐가 진짜 록이고 뭐가 엉터린지 모른다. 단지 사또시와 시게가 말한 기타와 베이스의 수준이 낮다는 건(우리 밴드랑 비교하면 완전 초짜) 일 년 동안 밴드를 해온 덕택에 알 수 있다.

떠들썩한 첫 곡이 끝나자 진짜 천사라고 해도 어색하지 않을 만큼 잘생긴 소년 보컬이 관객들에게 인사했다.

"게릴라 라이브인데도 많이 와주서서 고맙습니다. 우리 '레젠디아'는 지금까지 오오사까에서 열심히 라이브 활동을 해왔는데 이번에 인디 정도이긴 하지만 CD를 내기로 했어요."

하얀색 하늘하늘한 옷을 입은 여자아이들이 그 말이 떨어지기가 무섭게 꺅꺅 소리 지르며 뛰었다.

"왠지 자동차 이름 같은 밴드명이네."

겐따가 어이없어하며 말했다.

"어이, 오오사까에서 계속했으면 오오사까 사투리를 써라!"

저쪽에 들릴 리도 없는데 시게가 불만스럽게 말했다.

그렇지만 은발에 날개 달린 하얀 드레스를 입고 보라색 렌즈를 낀 채 나불나불 오오사까 사투리를 쓴다면, 꽤 무섭지 않을까.

"진짜 게릴라 라이브라면 경찰이 가만있지 않을 텐데. 허가받고 하는 게 무슨 게릴라야."

사또시 말대로 공원 근처의 교통경찰들은 멀리서 감시만 할 뿐 라이브 자체를 그만두게 할 생각은 없는 듯했다.

"오늘은 몇 곡뿐이지만, 모두, 즐겁게 들어주세요."

한 곡밖에 부르지 않았는데 벌써 숨을 헐떡이며 '레젠디아 천사님들'은 다음 곡으로 돌입하고 있었다.

아무리 들어도 도무지 행복해지질 않아 나는 시게의 팔을 잡아당겼다.

"야, 빨리 신청하러 가자. 들어봐야 시간 낭비야."

시게가 대답하기도 전에 겐따가 갑자기 목적지와 반대인 공원을 향해 길을 건너기 시작했다. 무슨 속셈인지도 모르면서 무작정 뒤를 따랐다.

겐따는 몇 줄로 늘어선 인파 뒤에서 연주를 보려고 발돋움을 했지만 결국 보지 못하고 불퉁한 표정으로 돌아왔다. 그러곤 몹시 화난 어투로 말했다.

"저 녀석들 네 명 다 모델처럼 멋있긴 하지만 이렇게 비실비실한 록을 하면서 CD를 낸다니, 난 용서 못 해!"

그렇게 주먹을 부들부들 떨면서 용서할 수 없다고 한들 저 자식들 음악이 마음에 들어 CD 내주겠다고 하는 놈이 있는 한 우리가 이래라저래라 할 일이 아니지 않나. 겐따, 도대체 뭘 어쩌려고.

내가 머리를 갸웃하는데 생각지도 않게 사또시가 맞장구를 치는 게 아닌가.

"그래. 설령 보컬이 꼬맹이고 베이스는 아저씨고 드럼이 바보라도 음악이 멋있어야 진짜 록이지! 그걸 저놈들에게 보여주자!"

나와 겐따와 시게는 그 말에 약간 기분 나쁘긴 했지만 마지막 말에 대해서만은 '지당하신 말씀!'이라고 생각했다.

"근데 어떻게 보여줘?"

내가 시게와 얼굴을 마주 보고 말했더니 겐따가 입을 귀까지 찢어 올리며 웃었다.

"딱히 난폭하게 할 필요는 없고…… 잠깐 라이브를 훔치면 돼."

엄청 시끄럽기만 한 연주를 마친 레젠디아 형들은 어린 팬들에게 손을 흔들더니 가뿐히 악기를 놓고 어느새 공원 뒤 골목에 세워둔 대기실을 대신하는 밴 안으로 들어갔다. 분명 '우레와 같은 박수에 못 이겨' 앙코르를 하러 나올 생각이겠지만, 그건 안 될걸.

라이브 도중에 조금씩 앞으로 나가던 우리는 놈들이 밴으로 들어간 순간 뛰기 시작했다. 사람들이 아연해하는 사이에 힘차게 스타트를 끊어야만 라이브 강탈은 성공할 수 있다.

나는 가방을 어깨에서 내리고 스틱을 꺼내며 뛰어들어 드럼 의자에 앉았다. 세팅이 나에게 맞는지 점검할 새도 없이 마이크를 쥔 겐따가 나를 돌아보았다.

"에이지, 「록앤드롤」 가자!"

마이크 안으로 입술을 밀어 넣을 듯이 말하더니 겐따는 아직 어리둥절해하는 관객들을 향해 두 손을 들고 외쳤다.

"지금부터 우리가 진짜 록을 들려줄 테니, 잘 들어!"

This is Rock & Roll!

& We are Beat Kids!

덩크슛을 하듯 폭발적인 파워로 겐따는 뛰어올랐다. 기타를 멘 채 스탠바이 하고 있는 사또시의 180센티나 되는 키보다 높이 날아오를 것 같다.

점프를 신호로 나의 드럼 솔로가 스타트!

악센트가 살아 있는 드럼이 질주할 때 다이빙하듯 기타가 뛰어드는 곡의 도입 부분은 레드 제플린을 모르는 사람이라도 대부분 들어본 적이 있는 유명한 프레이즈다. 순식간에 관중들은 리듬을 타고 조금씩 머리나 어깨를 흔들기 시작한다.

베이스인 시게와 내가 함께 만들어내는 비트 위에 사또시의 기타가 실린다. 하드록의 뒤틀린 음을 만들 때도 사또시는 맑게 퍼지는 아름다운 소리를 낼 줄 안다. 그래서 널리 알려진 곡을 카피해도 난생처음 듣는 곡처럼 들린다.

앞줄 여자아이들만 아직 뻣뻣하게 서서 무서운 눈으로 째려보고 있을 뿐 뒷줄에 서 있는 관객들의 숫자가 늘어나기 시작한다. 그냥 가만히 보고 있는 누나도 있고 손가락으로 리듬을 맞추는 형들도 있다.

겐따의 목소리가 마이크에서 흘러나오자 광장의 중심에서 바깥으로 아직 소리가 되지 못한 한숨 같은 탄식이 퍼져나간다. 그런 관중의 반응이 내 가슴에 짜릿한 전율을 일으킨다.

이 친구들과 처음으로 사람들 앞에서 연주했던 작년 문화제의 라이브. 우리 셋의 연주에 모두 '오오!' 하고 탄성을 지르던 관중들은 겐따의 목소리가 터져 나오자 그만 입을 꼭 다문 채 온몸으로 그 소리에 집중하면서 얼이 빠져버렸었다.

여자아이처럼 조그마하고 목소리도 높은 편이지만 여자라고 착각하는 사람은 아무도 없다. 한마디로 말하면 허스키. 그러나 잠긴 목소리에 팽팽한 긴장감이 감돌아 저도 모르는 사이에 마음을 빼앗기고 마는, 한 번 들으면 결코 잊을 수 없는 신기한 목소리다.

록밴드는 고등학교에 들어와 처음인데 이렇게 멋진 목소리를 위해 드럼을 치는 것이 무척 즐겁다. 예전부터 드럼 치는 걸 좋아하긴 했지만 지금은 겐따가 잘 부를 수 있도록, 사또시나 시게가 잘 칠 수 있도록 불꽃을 튀기며 돌진하는 비트를 쏘아 올리는 것이 무엇보다 즐겁다.

더욱이 이렇게 사람들이 잔뜩 모여 우리의 비트에 맞추어 춤이라도 춰주면 정말 최고!

싱글벙글 신나게 치고 있는데 갑자기 누가 오른쪽 어깨를 꾹 잡았다. 돌아보니 레젠디아의 드러머가 새하얀 화장과는 어울리지 않게 험상궂은 눈으로 나를 째려본다.

"비켜! 내 드럼 내놔!"

기타와 베이스는 당황해서 멀뚱히 바라만 보고 있는데 드러머는 좀 근성이 있는지 나를 드럼 앞에서 끌어내려 했다.

"자, 잠깐만, 이제, 이제 금방 끝나!"

나는 두 팔을 당기는 레젠디아의 드러머에게 저항하며 비트를 망치지 않으려고 베이스 드럼만은 계속 밟았다.

으, 그렇게 당기면 리듬이 엉키잖아! 화나는 건 이해하지만 나도 곡을 연주하는 동안은 진지하다고. 우선권이 그쪽에 있다 해도 지금은 절대 양보할 수 없어.

"으악!"

떨쳐내려 크게 휘두른 오른손의 스틱이 드러머의 볼을 때렸다.

"미안, 솔로 끝날 때까지만 기다려."

그런 실랑이를 벌이고 있는 사이 마지막 솔로가 다가왔다.

힘껏 현란하게 손발을 움직여 고음의 스네어부터 저음의 베이스 드럼까지 순서대로 두드린다. 점점 빠르게 단절감이 없어지도록 프 레이즈를 반복한다. 그러면 리듬이 원을 그리듯 공기 중에 감돈다.

그 모든 것의 중심에 내가 있고 나 자신이 빙글빙글 돌며 공중으로 솟구쳐 오르는 기분이 든다. 그것은 드럼을 칠 때면 늘 보이는, 반드시 보여야 하는 불꽃의 중심에서 펼쳐지는 광경이다.

내 안에 뭔가가 잔뜩 부풀어 올라 터져 산산조각이 나서는 선명한 불꽃이 되어 어둠 속으로 튀어 오른다. 불꽃놀이에서 가장 높이 올라 가장 크게 터지는 황금빛 불꽃이 되는 순간.

나는 이 순간을 위해서만 살아가는지도 모른다.

긴 드럼 솔로와 함께 「록앤드롤」은 끝났다.

한 호흡을 두고 관객들 사이에서 박수가 쏟아졌다. 엄청난 빗줄기가 함석지붕을 와르르 두드리는 듯한 큰 박수. 앞줄의 레이스 여자애들조차 무표정한 얼굴로 일단 박수를 치고 있다.

엄청 가까운 곳에서 짝짝 박수 소리가 들려 돌아보니 주저앉아 있던 레젠디아의 드러머가 박수를 치고 있었다. 그러곤 길게 째진 눈을 작게 뜨고 웃으며 말했다.

"짜식, 꽤 하는데."

녀석은 그렇게 말하고는 눈썹을 치켜뜬 채 나에게 달려들었다.

"어이, 근데 뭐냐, 너 이 새끼!"

아름다운 얼굴에 어울리지 않는 욕설. 정확히는 "어이, 근데 뭐냐, 너 이 새끼!"가 아니라 "어이, 근데 무어냐, 너 이 쉐키!"였다.

그딴 건 아무래도 좋다. 도망 못 치게 붙잡아야…… 아니지, 안 붙잡히게 토껴야 해.

나는 드러머가 뻗은 손을 아슬아슬하게 피해 달리기 시작했다.

"튀어!!"

뒤에서 겐따가 쓸데없이 외쳐대지만, 그런 말 하지 않아도 벌써 튀는 중이라니까.

흘끔 뒤를 살펴 세 명도 같은 방향으로 뛰고 있는지 확인하고 무작정 전력 질주.

레젠디아 멤버들이야 치렁치렁 늘어진 그 긴 드레스 차림으로 쫓아올 리 없지만 경찰들이 꽤 끈질기게 쫓아오는 바람에 겁을 먹었다. 그렇지만 건장한 고등학교 2학년과 30대로 추정되는 경찰들, 순수한 달음박질이라면 어느 쪽이 이길까?

결과는 예상대로 고등학교 2학년의 승리!

미도오스지(御堂筋) 거리로 나오고서야 겨우 경찰들 모습이 사라졌다.

우리는 한달음에 지하철역 안으로 뛰어들어 우메다(梅田) 방면 플랫폼 벤치에 털썩 주저앉아 한숨을 돌렸다. 그러자 저도 모르게 웃음이 솟구쳐 올라 우리 넷은 배를 잡고 소리 죽여 웃기 시작했다.

그런데 점점 소리가 커지더니 여기가 역이란 것도 잊고 폭발하고 말았다.

눈물이 고일 정도로 웃는데 갑자기 시게가 큰 소리로 말했다.

"아, 안 돼. 콘테스트 신청서 완전 잊었어."

"으앗!"

나와 겐따가 동시에 뒤로 나자빠져 소리 질렀다.

"뭐, 괜찮아. 세일이 끝나긴 했지만 나중에 어차피 악기점에 올 거니까, 내가 신청해둘게. 테이프 줘."

여전히 침착한 사또시가 내 눈앞으로 오른손을 내밀었다.

나는 아까부터 계속 쥐고 있던 드럼 스틱으로 사또시의 손바닥을 찰싹 때렸다.

"뭐하는 거야. 빨리 테이프 줘."

"아, 테이프, 테이프…… 어??"

오른손에 스틱. 왼손에도 스틱.

그것 말고 내가 가진 것은 없음.

……아, 바보!

"없어! 내 새 가방!"

어떻게 해. 소중한 데모 테이프가 들어 있는 가방, 또 테이프만큼이나 소중한 가방. 어딘가 두고 와버렸다.

뉴욕에서 온 편지

"안녕, 에이지."

가방을 책상에 내려놓는데 뒤에서 누군가 가볍게 머리를 쳤다.

이, 이 목소리는 타께우찌 노조미.

나는 돌아보기 전에 낡은 천 가방을 꾸깃꾸깃 책상 안에 밀어 넣었다.

"뭐해?"

"아, 아니 아무것도."

실실 웃으며 돌아보았더니 예상했던 대로 중학교 2학년 때부터 계속 같은 반인 타께우찌 노조미가 얇고 하얀 종이봉투를 자랑스럽게 팔랑거리고 있었다.

"아, 그거 혹시……."

"흐응, 맞아. 칸노가 에이지는 혼자서 답장도 잘 못 쓰니까 이제부터 노조미한테만 보낼 거래. 답장받고 싶으면 제 손으로 주소 써서 보내보래."

"뭐야……."

나는 반쯤 울상이 되었다.

노조미가 손에 든 저 하얀 봉투는 미국에서 드럼을 공부하고 있는 중학교 때 친구 칸노 나나오가 보낸 편지가 분명하다.

나나오는 평범한 친구와 달리 내 드럼 스승이자 누구보다 소중한 단짝이다.

중학교 졸업식이 끝나자마자 미국에 갔으니 일 년이 조금 넘은 셈이다. 나나오는 음악 기획자인 아버지가 잘 아는 재즈 드러머의 연줄로 미국으로 건너가서 그 사람 일을 도와주는 한편 재즈를 공부하고 있다.

나나오는 지금 살고 있는 뉴욕에서 가끔씩 편지를 보내는데, 나는 이름과 성을 반대로 쓰는 거하며 주소 쓰는 게 진짜 자신 없다. 그래서 늘 노조미의 편지와 함께 보낸다.

그게 나나오 마음에 거슬렸나. 노조미에게는 편지 보내고 나에게는 안 보내다니…….

가만히 노려보았더니 노조미가 갑자기 당황하며 우물쭈물한다.

"뻥이야, 뻥. 자, 이거 에이지 거. 우푯값 아까우니까 같이 보낸 것뿐이래."

노조미는 접힌 편지지를 봉투 안에서 꺼내 그걸로 내 머리를 툭 치고 책상 위에 올려놓았다. 바로 자기 자리로 돌아갈 줄 알았는데 내 옆에 웅크리고 앉아 낮은 목소리로 물었다.

"있지, 가방 어떻게 된 거야?"

우, 들통 나고 말았다.

"책상 안에 넣은 거 예전 가방 같은데……."

말끝을 흐리며 조심스럽게 묻는 말인데도 새 가방 어쨌느냐고, 왜 안 가져왔느냐고 따지는 것처럼 들렸다.

"응, 아, 그 가방……. 아직 낡은 것도 쓸 만하고…… 그렇게 깨끗한 걸 더럽히면 아깝잖아."

잃어버렸다고 말할 용기가 없다. 자기가 받은 걸 필요 없어서 준다고 했지만 5,000엔이나 하는 가방을 받자마자 잃어버렸다고는 도저히 말할 수 없다.

노조미는 볼을 조금 부풀리더니 어깨를 으쓱했다.

"신경 쓰지 않아도 되는데. 때 안 타게 일부러 검은색으로 골랐는데……."

"응?"

골랐다니? 받은 거라면 고르고 자시고 할 것도 없잖아.

고개를 갸웃하며 얼굴을 들었더니 노조미는 당황하며 손을 얼굴 앞에서 흔들고는 재빨리 웃음을 띤다.

"아니, 같은 종류라도 색이 여러 개 있잖아. 삼촌이 다른 조카한 테 주려고 파란색도 가져왔었거든. 어느 쪽이 좋냐고 하기에 검은 색으로 했지 뭐……. 그런 뜻이야. 알겠어?"

"으응. 알겠어."

뭐가 뭔지 잘 모르겠지만 일단 알았다고 해두자.

"혹시, 에이지는 파란색이 좋아?"

"아니……. 나는 검은색이 좋……습니다."

노조미의 태도가 꽤 진지해 보여 나도 긴장하며 대답했더니 옆 에서 풋, 작은 웃음소리가 들렸다.

"나는 검은색이 좋……습니다, 와, 여친한테 존댓말 쓰는 놈이 어디 있냐. 평소에 어지간히 잡혀 사나 보네."

"뭐라는 거야. 누가 잡는다고 그래. 겐따, 이 악마!"

교복 치맛자락이 말려 올라가는 것도 모르고 노조미는 내 의자 위로 단숨에 뛰어오르더니 곧장 내 머리 위를 뛰어넘었다. 어어, 잠 깐. 스커트 안으로 얼굴이 휘말려 들 것 같아 엄청 놀라고 말았다. 노조미는 그 기세를 타고 '수다병 환자' 겐따를 교실 밖까지 쫓아 갔다.

겐따, 본명 '미나모또 타이찌'는 우리 밴드 '비트 키즈'의 보컬로 나와 같은 2학년 5반인데, 매일 철딱서니 없는 악동 짓만 하는 통에 반 여자애들에게 '악마 겐따'라는 별명을 얻었다. 그러나 다른 남자 애가 그랬다가는 아마 평생 따돌림 당할 만한 심술궂은 행동을 해도 여자애들은 꺅꺅 소리 지르며 겐따를 쫓아가기만 할 뿐 금방 용서해준다. 아무리 못된 소리를 해도 미움 받기는커녕 반 여자애들에게 최고 인기다. 참 희한한 놈이다.

하긴 오늘은 겐따 덕에 살았다. 가방에 대해 더 깊이 추궁당하지 않고 끝났으니까.

어제 아메리카 마을에서 잃어버린 가방은 그저께 토요일 방과 후 노조미가 나에게 준 것이었다.

중학교 때 같이 취주부 활동을 했던 노조미는 우리 집 사정(동생 몸이 약하고, 아빠가 술주정뱅이…… 아, 동생도 아빠도 요즘엔 꽤 나아졌지만)을 잘 알고 늘 신경 써준다.

노조미는 지금도 취주부 활동을 하고 나는 경음악부에서 밴드를 하니까 동아리는 다르지만 둘 다 쉬는 일요일이나 끝나는 시간이 같은 날에는 함께 우리 집까지 간다. 두 살배기 미사끼는 노조미를 엄청 따라서 그 얼굴만 보면 며칠은 기분 좋게 지낸다. 반대로 오랫동안 만나지 못하면 몸까지 약해지는 바람에 가끔 일요일에는 미사끼와 셋이서 공원으로 놀러 가기도 한다.

함께 집에 가기도 하고 여동생과 셋이서 노는 걸 몇 번이나 학교 친구들에게 들킨 탓에 1학년 여름방학 전 어느 날 칠판에 이름과 하트(도대체 21세기가 되어서도 이런 상징이 통하다니)가 한 세트로 그려져 있었다. 그것을 계기로 나와 노조미는 '사귀는 사이'로 전교에 유명해지고 말았다.

그렇지만 학교와 집 아닌 장소에서 단둘이 만난 적은 한 번도 없다. 그런데도 '사귀는 사이'가 되나? 아니, 딱히 그 외에 뭘 하고 싶다는 건 아니고(……아니, 뭘 하고 싶지 않은 게 아니지만), 그냥 뭐, 사귄다는 게 이 정도라도 괜찮은가 싶은 생각이 든다.

노조미는 여자친구라기보다는 친한 친구에 가깝다는 생각도 들고, 그 녀석도 그 편이 마음 편할 테고……. 요컨대 '사귄다'는 말이 저 혼자 앞서 나가는 것 같다.

아, 노조미와 겐따가 없는 사이에 편지 읽어야지. 수입 시작하겠다.

에이지, 잘 지내냐.

나는 여전히 드럼 치고, 장비 옮기는 막일 하고 있어.

그렇지만 얼마 전 처음으로 우리 밴드가 라이브 하우스에 나갔지.

멋지게 한 건 할 때까지는 네게 비밀로 할 생각이었거든. 작년 말쯤 내 밴드를 결성해서 스튜디오를 빌려 연습했었어. 무대에 설 수 있도록 열심히 했지.

내가 일단 리더지만 나이도 맨 아래인 데다 일본인이 원래 어려 보이잖아? 그래서 나 '리틀 보이'야.

조금 열 받긴 하지만 그 대신 내가 쳤다 하면 '오오!' 감탄하는 관객들의 그 표정, 대단한 쾌감이야. 일단 들어보고 놀라든 욕을 하든 하라는 거지 뭐.

지난주에 생활비를 아껴서 모은 돈으로 뉴올리언스까지 여행하고 왔어. 덕분에 허리띠를 졸라매야겠지만 진짜 좋은 곳이었어. 가길 잘했지.

뉴올리언스는 딕시랜드재즈의 발상지야.

알고 있었어? 몰랐지. 에이지라면 '발상지'라는 단어 자체조차 모를지도.

아무도 아는 사람이 없지만 혼자서 훌쩍 다녀왔어.

나중에 그 사실을 알고 옆집에 사는 짐이 일본 꼬마가 혼자 잘도 다녀왔다면서 깜짝 놀라더라.

여행은 위험할지 몰라도 뉴올리언스의 거리 자체는 뉴욕보다 살기 좋은 것 같았어.

그 무엇보다 마을 여기저기에서 음악이 넘쳐흐른다는 게 좋아.

낮에는 가게에서 물건을 팔거나 사무실에서 일하는 평범한 아저씨들이 밤이 되면 라이브 하우스…… 아니, 술집이라고 하는 편이 어울리는 작은 가게에서 뮤지션으로 변신하는 거야.

그 옛날의 딕시랜드재즈가 대부분이라 내가 바라는 스타일과는 좀 다르지만 다들 개성미 넘치는 훌륭한 뮤지션들이었어.

너무 부러운 거 있지.

일본에서도 이렇게 모두 자연스럽게 악기를 할 수 있는 마을이 있으면 좋겠는데.

우리가 어른이 되었을 때는 퇴근하는 회사원이 양복 차림으로 라이브 하우스에서 연주를 해도 이상할 게 없는…… 그런 분위기였으면 좋겠어.

에이지도 밴드 열심히 하고 있어?

다음에 만날 때 너에게 뒤처지면 분통 터질 테니까 나도 열심히 연습하려고.

그럼, 또 쓸게.

나나오가

P.S. 이제 네 손으로 주소 좀 써봐라. 만날 한 봉투에 이 인분 든 거, 괜히 열 받아.

읽고 나서 편지를 접으며 나는 잠깐 멍하니 있었다.

뉴욕, 라이브 하우스, 뉴올리언스, 딕시랜드재즈……. 나나오의 편지는 점점 나와는 다른 세계의 일들로 채워지고 있다.

중학교 취주부에서 함께 큰북이나 작은북을 치던 시절이 꿈처럼 멀게 느껴진다. 나나오는 미국에, 나는 고등학교에 간 지 이제 일 년 남짓인데도.

나는 요 일 년 동안 대체 뭘 했더라. 방과 후 일주일에 몇 번 밴드 연습을 하고 그 후엔 공부도 안 하면서 지루한 시간을 보낼 뿐이다. 문화제의 스타가 되고 공원의 라이브가 성공했다고 우쭐대지만,

아직 나나오가 혼자 드러머의 길을 걷기 시작했던 그 수준에도 못
미친다. 옛날에 비디오로 본 초등학교 6학년 때 나나오의 드럼 실
력에도 못 따라간다.

하아, 한숨을 쉬고 편지지 위로 엎드리는데 겐따의 목소리가 들
렸다.

"왜 풀이 죽었어. 바보 주제에."

대꾸하기도 싫어 엎드린 채 손만 뻗어 편지를 내밀었다.

"어라, 단짝 나나오가 보낸 편지잖아. 근데 왜 풀이 죽었어······."

편지를 진지하게 읽는 듯 겐따가 조용하다. 오 초도 입을 다물지
못하는 놈이 조용한 게 도무지 불안해서 얼굴을 들고 표정을 확인
하고 말았다.

겐따는 다 읽은 편지지를 어울리지 않게 조심조심 접더니 책상
위에 내려놓았다.

"대단하다, 이 자식. 자기 밴드로 라이브 하우스에 나간다는 건
뉴욕에서 프로 재즈 뮤지션이 되었다는 말 아냐. 아무리 친구라 해
도 이렇게나 차이가 나면 암만 천하태평이라도 질투가 나겠지."

"질투······?"

생각지도 않은 말이었다.

'질투'라는 것은 현재는 지고 있지만 조금이나마 이길 가능성이
있는 상대에게 쓰는 말이다. 나는 애당초 나나오의 몇백 미터 뒤에
서 출발했으니 절대 이길 수 없다.

그렇지만 겐따의 말을 들으니 갑자기 가슴이 아릿하다.

언제부터인가 나나오와 대등하게 경쟁하려 했나 보다. 정말 '질투'했다는 걸 깨닫고 나는 자신이 너무 창피했다.

"하지만 난 지금 네가 엄청 부러워."

"응?"

겐따 이 자식 또 어처구니없는 생각을 떠올렸나 보다. 이 자식은 얼토당토않은 자신만의 가치관을 들고 나올 때가 있으니까.

내가 부럽나니, 엄마가 없는 나나오가 우리 엄마를 만나고 나서 부럽다고 한 말은 이해가 가지만 도대체 지금 내게 겐따가 부러워할 게 뭐 있다고.

"난 너처럼 절대로 이길 수 없는 라이벌도 없고, 술주정뱅이 아빠도 없고, 비련의 여주인공 같은 병약한 엄마도 없고, 불치병 여동생도 없고, 가난뱅이 생활도 해본 적 없으니까……. 전설적인 록 뮤지션의 자질이 부족해. 있는 거라곤 바다처럼 가슴 넓고 돈 많은 아빠와 건강하다는 게 유일한 장점인 평범한 엄마와 미인 여대생 누나뿐이잖아. 이렇게 평범하고 아무 문제도 없는 가정에서 자라버렸으니 로커가 될 가능성의 절반은 잃은 거나 마찬가지야. 너처럼 선천적으로 불행을 타고난 놈들만이 전설적인 로커가 될 특권을 갖고 있거든. 세상은 이렇게 불공평해."

"너 시비 거는 거냐? 사람 억장 무너지는 거 보고 싶어?"

"아니야, 아니야. 정말 부러워서 그래. 진짜 불행한 가정에서 자란 놈이 전설적인 로커가 될 확률이 높거든……. 아, 그리고 전설적인 로커가 되려면 죽는 방법도 신경 써야 돼. 병으로 죽는 건 임팩트가 없으니까 물론 안 돼. 자살은 괜찮긴 하지만 권총으로 죽는 경우라면 다른 사람에게 맞는 편이 평가가 좋지. 타살이 아니라도 '원인 불명의 죽음'은 높은 점수. 어린 자식을 남기고…… 그런 비극적인 것도 좋고. 그러고 보면 커트 코베인(록밴드 너바나의 보컬이자 기타리스트 — 옮긴이)보다 오자끼 유따까(일본의 1980년대 인기 가수 — 옮긴이) 쪽이 점수가 높고, 독보적인 톱은 역시 존 레논이랄까……."

어느새 주제는 '전설적인 로커의 불행한 인생'에서 '전설적인 로커가 되기 위해 멋지게 죽는 법'으로 옮겨 갔다.

나는 더는 대꾸하기도 귀찮아서 담임선생님이 나타나 내 자리에서 조잘대는 겐따의 머리를 출석부로 내리칠 때까지 얌전히 '전설적 로커 강좌'를 들어주었다.

취주부는 대체로 매일 연습이 있지만 경음악부는 밴드 단위로 연습 있는 날과 쉬는 날이 있다. 오늘 우리 밴드는 연습실 대신으로 하는 생물실을 쓸 수 없는 날이기 때문에(왜 생물실이냐면, 고문이 생물 선생님이라는 단순한 이유) 수업이 끝나고 노조미는 취주부가 연습하는 음악실로 가고, 나는 겐따와 함께 자전거 보관소로 걸어가고 있었다. 월요일은 엄마가 아르바이트 가서 집에는 할머니와 미사끼 둘뿐이라 빨리 돌아가는 게 좋다.

겐따가 자전거 자물쇠를 열 동안 기다리고 있는데 교문 쪽에서 밴드 멤버인 사또시가 달려왔다. 아, 아마 이놈 정식 이름을 아직 소개하지 않은 것 같으니까 말해두자. '오오쯔까 사또시', 우리 옆 반인 2학년 6반. 베이스 '키무라 시게하루'와 같은 반으로, 둘은 중학교 때부터 함께였다.

쓸데없는 이야기를 하고 있을 때가 아닌 것 같다. 언제나 냉정한 사또시가 엄청 허둥대며 의미를 알 수 없는 소릴 하고 있다.

"에이지, 빨리 교문으로 와."

"지금 집에 가는 길이니까 어차피 교문 지날 거야."

느릿느릿 걸어가며 말했더니 사또시는 내 왼팔을 꽉 거머쥐고 잡아당겼다.

"왜 당기고 그래."

"빨리 안 가면 큰일 난다니까!"

거의 끌려가다시피 사또시를 따라가는데 뒤에서 겐따가 자전거를 타고 쫓아왔다.

"왜? 왜 그래, 사또짱."

겐따가 일부러 사또시가 제일 싫어하는 호칭으로 부르자 사또시는 화가 치민 듯 빠른 말투로 소리 질렀다.

"교문에 와 있어. 어제 그놈들이!"

"어제……라면, 그 완전 비주얼계의, 음 그러니까 그란디아 애들?"

바보 같은 겐따. 그건 진짜 차 이름이잖아.

"그란디아는 차 이름이잖아. 그놈들은, 트렌디아……였던가?"

말하다 보니 나도 그 밴드 이름을 제대로 기억하지 못한다는 사실이 들통 나고 말았다.

"바보냐, 너네들. 레젠디아!"

숨을 헐떡거리며 이름 논쟁을 하고 있는데 정말 교문 밖 인도에 비주얼계 로커들이 죽 늘어선, 악몽과도 같은 광경이 펼쳐져 있는 게 아닌가. 당연히 새하얀 드레스는 걸치지 않았지만 금발에다 은발은 변함없어서 평범한 티셔츠와 청바지 차림이 오히려 좀 어중간한 것이 뭔가 이빨 빠진 듯한 느낌을 주었다.

한발 앞으로 나와 뭔가 일방적으로 지껄이고 있는 드럼 형, 그에 맞선 용사는 우리의 리더인 시게. 하교하는 다른 학생들은 가급적 그 옆을 피해 멀리 돌아가고 있다.

우리 셋이 달려오는 걸 보았는지 드럼 형이 시게에게서 시선을 떼고 우리를 노려보았다.

"겨우 전원이 다 모였군. 특히 널 기다렸지, 요꼬야마 에이지."

드럼 형은 내 이마를 오른손 검지로 콕 찌르듯 가리켰다. 뭐야 이 자식. 사람 얼굴에 삿대질하는 거, 실례잖아 이거……. 그런데 어떻게 내 이름을 아는 거야. 불안하게시리.

"무, 무슨 일이야?"

가능한 위엄 있는(그렇게 보일 생각으로) 말투로 대답했더니 드럼 형이 갑자기 왼손을 내밀었다. 한순간 확 내 시야를 가득 채운 그것은, 바로 어제 잃어버린 새 가방이었다.

"일단, 이건 돌려주마."

엄청 잘난 체하는 말투라 약간 기분 나쁘긴 하지만 일부러 가방을 건네주러 온 그 성의만은 높이 사주도록 하지 뭐.

"고마워. 가방 돌려주러 왔어?"

내가 가방을 받으려고 두 손을 내밀자 드럼 형은 갑자기 벌겋게 달아오른 표정을 짓더니 일굴을 향해 가방을 넌셨다.

"멍청이! 누가 일부러 가방을 돌려주러 와. 너 대갈통이 좀 돈 거 아냐? 복수하러 왔지."

"보, 복수……?"

시계가 조금 새파랗게 질린 얼굴로 뒷걸음질 쳤다. '복수'라니, 뮤지션은 그런 말 잘 안 쓰는데. 보통 '폭' 자가 붙는 그런 업계 사람들이 잘 쓰는 말이잖아, 그건.

"이런 곳에서 싸우는 것도 좀 그렇지. 선생님도 금방 나올 거고 경찰서도 가까운데."

사또시가 말했다. 역시 멋진 대답이야.

"아무도 싸운다고 안 했어. 라이브는 라이브로 갚아야지. 그렇게 치고 빠지는 라이브 강탈을 당하고 그냥 물러설 순 없지 않겠어? 제대로 된 콘테스트 무대에서 승부해야지."

의외의 전개에 입이 쩍 벌어진 우리 눈앞에 드럼 형은 뭔지 모를

종이쪽지 한 장을 던졌다. 바닥에 떨어지려는 걸 간발의 차로 받아
낸 겐따가 그걸 눈앞 10센티 앞까지 끌어당겨 심각한 자세로 읽었
다.

"……전국 아마추어 록밴드 제전. 제3회 '록 파이트' 칸사이(関西,
일본의 쿄오또, 오오사까, 코오베를 중심으로 하는 일대 — 옮긴이) 지구 예선
안내……. 뭐야, 이거?"

"너네 몰랐냐. 방송국하고 레코드 회사가 주최하고, 그랑프리 따
면 메이저 데뷔도 확실한, 요즘 가장 주목받는 밴드 콘테스트잖
아."

"흐응, 그치만 우리 아직 메이저 데뷔에는 별 관심 없어."

겐따의 말에 레젠디아 드럼 형은 열을 올리며 말했다.

"그럼 왜 그런 별 볼일 없는 라이브 하우스 콘테스트 같은 거 신
청하려고 했어? 그런 데 나갈 바에는 여기서 제대로 승부하잔 말이
야!"

라이브 하우스 콘테스트 일을 안다는 것은 저놈들이 내 가방을
마음대로 뒤졌다는 거잖아. 화들짝 놀라 재빨리 가방 안을 확인해
보았지만 딱히 없어진 것은 눈에 띄지 않았다. 안에 들어 있던 학생
수첩을 보지 않았더라면 내 이름도 학교도 몰랐을 테니, 하긴 조금
봤어도 어쩔 수 없다.

내가 가방 안을 더듬어보는 사이에 사또시가 상대와 이야기하고
있었다.

"우리가 형들 밴드랑 승부할 의무는 없잖아."

"무슨 소리! 싸움을 걸어온 건 네놈들이잖아. 모처럼 잘 나가던 라이브를 엉망으로 만들어놓고선. 우린 말이야, 이 가방의 주인인 이 학교 학생이 남의 악기를 무단으로 쓰고 연주를 방해했다고 교무실에 가서 따질 수도 있었어. 그러지 않은 것만도 신사적인 행동이라고 생각해야지, 안 그래?"

브리지 머리에다 찢어진 청바지, 가시 달린 손목 밴드 차림의 신사가 세상에 어니 있어. 하긴 상패 같은 말두 하나만 빼면 꽤 신사적인 것 같기도 해. 저 가방과 학생 수첩을 증거로 어제 우리가 한 행동을 학교에 이르는 건 간단할 테니까.

내가 시계의 얼굴을 바라보는데 사또시도 겐따도 동의를 구하려는 눈길로 시계를 보았다. 모두 같은 생각인 것 같다.

"할 수 없지. 형들과 한번 승부를 해보지 뭐."

시계의 말에 레젠디아의 리더인 듯한 드럼 형이 구겨진 얼굴근육을 풀며 고개를 끄덕였다.

"그럼 지역 예선에서 우리가 너희들한테 이겨 전국 대회에 나가면 그 이후로는 절대 우리 레젠디아와 같은 장소에서는 연주하지 않는 것으로 한다."

지금까지 조용히 있던, 남자 주제에 웬만한 여자보다 예쁜 보컬이 옅은 웃음을 띠며 말했다. 무슨 뜻으로 하는 말인지도 모르겠고 어쩐지 음침한 느낌이 든다.

"그게 무슨 말이야?"

순진하게 물어보는 겐따를 그 보컬은 아주 심술궂은 표정으로 노려보았다.

"모르겠어? 우리가 벌써부터 메이저로 출연하는 큰 라이브 하우스나 홀에 너희는 절대 출연할 수 없다고. 메이저를 목표로 라이브 활동 하는 건 좋지만 우리가 먼저 손을 대고 있으면 어떤 무대에도 오를 수 없어. 즉, 사실상 메이저가 되는 길이 끊긴다 이 말이지."

"뭐야? 말도 안 되는 소리 하지 마. 그거하고 승부하고 무슨 상관이야."

겐따가 보컬에게 달려들 것 같아 사또시가 뒤에서 붙들었다. 나는 그 순간은 레젠디아가 내건 조건이 잘 이해가 안 됐지만 그 의미를 깨닫고는 화가 치밀었다.

단 한 번의 시합으로 이제부터 어떤 라이브 하우스에도 나갈 수 없다니, 그게 무슨 억지야. 이런 승부라면 받아들일 필요 없어.

"그거 좋지."

시게가 침착한 목소리로 말했다. '그+거+좋+지=그거 좋지'라면…… 오케이? 왜, 왜!

말문이 막혀 멍하니 있는 우리를 한번 슬쩍 돌아보더니 시게는 상대편 리더(인 듯한) 드럼 놈을 향해 말했다.

"전국 대회에 나갈 자격을 얻는 쪽이 승리. 맞지?"

"어, 어……."

너무 싱겁게 동의해버리자 놈들도 김이 빠졌는지 어깨를 축 늘어뜨렸다.

"그치만, 그런 승부 이상해."

"맞아, 맞아. 이상해."

반대의 목소리를 높이는 겐따와 나를 시게는 여태 본 적 없는 무서운 눈으로 노려보았다. 언제나 우리가 '이거 하자, 저거 하자.' 원하는 대로 차근차근 들어주고 의견을 모으는, 그야말로 리더의 본분에 충실하던 시게가 지금 자기 뜻을 관철시키려 하고 있다. 이전에 없던 일이다. 매사에 제멋대로 구는 겐따조차 시게의 날카로운 눈길에 쩔쩔매고 있다. 물론 나도.

"그 대신 우리가 이기면 앞으로는 절대 우리 일에 참견하지 않기야."

같은 고등학교 교복에 셔츠 차림인데도 조용히 말하는 시게에게 엄청 위엄 있는 분위기가 감돌았다. ……그냥 늙어 보이는 것뿐인지도 모르겠지만.

레젠디아와 말을 주고받는 데 정신이 팔린 사이에 누가 알렸는지 선생님들이 달려왔다.

"자네들 다른 학교 학생인가? 우리 학생에게 무슨 일로?"

번들번들 빛나는 이마의 땀을 닦으며 나타난 중년의 돼지 아저씨는 우리 동아리의 고문이자 생물 담당인 쿠라따 선생, 통칭 '번들이'였다. 큰 키에 비쩍 마른 생활지도부의 아오끼 선생님도 뒤따라 나오는 중이었는데 뚱뚱한 주제에 번들이 쪽이 훨씬 다리가 빨랐다.

척 보기에도 꽤 중량감 있는 번들이가 두려웠는지 레젠디아 일당은 허둥지둥 세워둔 오토바이에 뛰어올랐다.

"볼일은 끝났어."

한마디 내뱉고 놈들은 반짝반짝 찰랑찰랑 긴 머리카락을 나부끼며 폭음과 함께 달려갔다. 어이, 헬멧 안 쓰면 교통 법규 위반이야.

서로 얼굴을 마주 보았다가 멍하니 그 뒷모습을 지켜보는 우리에게 가까스로 교문에 도착한 아오끼 선생님이 말했다.

"너희, 아까 불량배들과는 아는 사이인가? 안 좋은 일에 휘말린 건 아니지?"

우리를 벌레 보듯 하는 그 눈길에 조금 화가 치밀었다. 자기 학생들이 불량배한테 붙잡혀 있으면 괜찮냐고 걱정하는 말 정도 해주면 어디가 덧나. '불량배들과 아는 사이냐.'가 뭐야. 게다가 머리를 물들이고 옷에 쇠 장식이 달려 있다고 무조건 불량하다니. 연주도 못하는 주제에 겉만 번지르르한 놈들이지만 어제 일을 학교에 이르지 않았으니 그렇게 나쁜 놈들은 아니잖아.

시게도 조금 열 받은 얼굴로 아오끼 선생님에게 대답했다.

"딱히 아는 사이는 아닙니다. 잠깐 길을 물어본 것뿐입니다. 그리고 말입니다, 금발이라고 무조건 불량한 건 아니죠."

아오끼 선생님은 순간 눈썹을 찌푸리고 떨떠름한 표정으로 시게를 노려보았지만 더는 따지지 않고 교무실로 돌아갔다. 번들이는 아오끼 선생님의 뒷모습을 잠깐 바라본 뒤 한숨을 후, 쉬었다.

"너희, 내가 아오끼 선생님보다 먼저 뛰어오느라고 얼마나 고생한 줄 알고 있는 거냐. 그 졸업생 송별 야외 게릴라 라이브 때문에 너희뿐 아니라 경음악부 전체가 저 선생님한테 찍혀버렸다고. 눈에 띄는 짓 좀 하지 마라. 제발 부탁이다."

험상궂은 겉모습과 안 어울리게 번들이는 언제나 우리에게 푸념만 늘어놓는다. 졸업식이 끝난 순간 교정에서 삼싹 라이브를 열어 경음악부 졸업생들에게 마지막 무대를 선사한다는 말도 안 되는 기획으로 근처 단지 주민들의 항의 전화가 폭주하게 만든 장본인들로서는 조용히 그 푸념을 들어주는 게 당연한 의무겠지. 게다가 학생들에게는 늘 투덜투덜 불평뿐이지만 직원회의에서는 언제나 우리 편을 들어주는 좋은 선생님이니까. 번들이라는 것도 애정이 듬뿍 담긴 호칭이다.

"동아리에서 소문을 들었는데 너희, 라이브 하우스에 오디션 본다는 거, 설마 사실은 아니겠지?"

"그, 그건 헛소문입니다. 라이브 하우스 같은 곳엔 안 나가요."

시계가 조금 당황하며 대답했지만 실제로 그 오디션은 그만두기로 했으니 거짓말은 아니다.

"그럼 됐다. 아직 미성년자니까 술집 같은 데서 연주하는 건 당치도 않아. 그런 데서는 다른 학교 학생과 트러블도 생기기 쉽고.

잘 알고 있을 테지."

"알고 있어용!"

시계가 초등학생처럼 대답하자 번들이도 쓴웃음을 지었다.

번들이에게 인사하고 교문을 나선 우리는 아까 받은 록 파이트
라는 콘테스트 전단지를 머리를 맞대고 읽으며 걸었다.

결과는 생각지 말고 일단 나가 보자고 어느새 나와 겐따, 사또시
마저도 생각이 바뀌었다. 라이브 하우스에는 나가지 못한다고 했
지만 '콘테스트'에 나가면 안 된다고 이야기한 사람은 아직 아무도
없으니까.

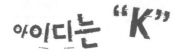

아이디는 "K"

일요일 아침엔 알람 소리를 조금 낮춰둔다. 조간 배달이 있긴 하지만 아빠 회사는 휴일이고 다른 가족들도 더 늦게까지 자니까.

딱 한 번 따르릉 울리자마자 머리맡의 알람 시계를 멈추고 책상 위에 올려두었다. 일어서서 창문 커튼을 젖히자 바깥은 아직도 어두컴컴했다. 쓱 창문을 열어 새벽녘의 찬 공기를 마시고 다시 닫았다.

옷을 갈아입고 밑으로 내려가 보니 부엌에서 벌써 부스럭부스럭 소리가 들린다.

"할머니, 벌써 일어났어?……엇!"

된장국 냄비를 데우고 있는 할머니에게 정신이 팔려 부엌과 거실 사이에서 이불을 덮고 자고 있는 아빠를 밟을 뻔하고는 두세 걸음 펄쩍 물러났다.

"거기 굴러다니는 건 마음껏 밟고 지나가도 돼. 조금 밟았다고 죽진 않아. 그 대단한 분은."

할머니는 꽤나 심한 말을 즐거운 듯 웃으며 말했다.

"빨리 와서 된장국이라도 먹어라."

"이렇게 아침 일찍 식사 준비 같은 거 안 해도 되는데. 나 혼자서 뭐든지 할 수 있으니까."

그냥 불퉁하게 말했지만 아침에 일어났을 때 밥상이 차려져 있으면 역시 기분 좋다.

"잘 먹겠습니다." 하고 손을 모으고는 할머니가 차려준 밥상에 젓가락을 댔다.

할머니는 맛있게 먹으라면서 데운 된장국을 내 앞에 내려놓고는 에구구 허리를 만지며 반대편 의자에 앉아 내가 밥 먹는 것을 바라보았다.

"에이지는 신경 쓰지 않아도 된다. 나이를 먹으면 아무래도 아침 일찍 눈이 떠지니까. 이불 속에서 뒤척이느니 밥이라도 지어놓아야지."

"일부러 일어난 게 아니라면 괜찮지만."

이렇게 눈길을 받으면 먹기가 좀 그렇긴 하다. 그렇지만 가만히 앉아 있는데 눈앞에 따뜻한 반찬과 밥이 차례대로 올라오면 역시 기분이 좋다. 팽이버섯과 두부된장국, 정말 좋아한다. 덧붙여 맑은

장국에도 팽이버섯이 가장 잘 어울린다. 팽이버섯은 베이스 드럼의 비터(페달에 달린 북채—옮긴이)와도 조금 닮았고……. 이거 아무래도 좋은 이야기지만.

할머니가 우리 집에 살게 된 것은 여동생 미사끼가 선천적으로 심장이 좋지 않다는 사실이 밝혀져 오래 입원하게 되고부터이다.

엄마는 정신적인 충격 때문에 마음의 스위치를 꺼버렸고, 아빠는 그 노름빚에 놀라서 집에 들어오지도 않고 나 혼자서는 어쩔 수 없는 상황이었다. 그때 할머니가 도와주러 오지 않았다면 정말 일가족 동반 자살이라도 하고 말았을 것이다.

지금 미사끼는 일단 수술을 받아 건강한 상태이고 초등학교 들어가기 전에 한 번만 더 수술을 받으면 완치된다고 한다. 그래서 지금은 한 달에 한 번꼴로 병원에 간다. 아빠는 이제 마음을 잡아(본인 말로는) 경마, 경륜, 경정을 모두 끊었고, 엄마도 몸이 좋아져서 지금의 우리 집은 그런대로 괜찮다. 아마 할머니의 도움 없이도 잘 해나가겠지만 같이 살다가 다시 떨어지면 외로울 것이다. 미사끼의 재롱에 흠뻑 빠진 할머니는 그래서 작년 말 아예 이곳으로 이사를 왔다.

그 이후 엄마는 예전에 부업으로 했던 기모노 바느질에 본격적으로 뛰어들었다. 일주일에 두세 번 전통 예복 가게에 출근해 주문에 맞게 옷을 짓기도 하고, 옷 가게에서 시작한 '전통 재봉 교실'에서 가르치기도 한다. 아직은 아르바이트지만 올해 들어 우리 집이 꽤 풍족해졌다.

엄마도 할머니도 이제 신문 배달은 그만두라고 하지만 난 그만 둘 생각이 없다. 아침 일찍 일어나 점점 밝아오는 거리를 힘차게 자전거로 달리는 거, 진짜 기분 좋다. 겨울에만 좀 힘들 뿐 아무런 어려움이 없다. 이제는 거의 취미 생활이다.

배달도 거의 끝나가고 은행나무가 늘어선 큰길을 달리는데 지은 지 얼마 안 되는 아파트 현관 앞에 낯익은 놈이 서 있었다.

"어이, 오늘도 일찍 일어났구나."

자고 일어났는지 구겨진 추리닝 차림의 겐따가 나에게 한 손을 들었다.

"조간신문은 사람들이 일어나기 전에 배달해야 되니까. 너야말로 왜 이렇게 빨리 일어났냐."

"일어난 게 아냐. 밤 새웠어. 채팅 하느라."

채팅이 뭐야? 야구……? 고양이? 그건 캣인데. 그럼 내가 모르는 단어네.

"채팅이 뭔데?"

그렇게 묻고 나는 엘리베이터가 없는 4층짜리 아파트 계단을 뛰어오르며 배달을 계속했다. 겐따도 종알대며 같은 속도로 따라 왔다.

"채팅, 이라는 건, 컴퓨터로 연결된 전화선을 통해 대화를 나누는 거야."

계단을 두 칸씩 점프하며 들으니까 무슨 뜻인지 잘 모르겠다.

"그럼, 컴퓨터라고는 하지만 전화랑 똑같잖아."

복도에 들어서면서 조금 편해졌다. 겐따는 속도를 내서 나를 앞지르더니 거꾸로 뛰며 설명했다.

"전화랑은 달라. 키보드로 쳐서 글자로 이야기하니까. 그것도 한번에 많은 사람들과 동시에 이야기할 수 있지."

"흐응, 그거 대단하네."

그렇지만 컴퓨터는커녕 비디오도 CD플레이어도 없는 집에 살고 있는 나로서는 잘 이해가 되지 않는다.

그럼 아침까지 잠을 안 잔 이유는 알겠는데 왜 일부러 밖에 나와 있었지? 마치 나를 기다린 것처럼.

"이런 시간에 무슨 할 말 있어?"

겐따는 뒤로 뛰기를 그만두고 좀 심각한 표정을 지었다.

"응. 부탁이 있어서. 급한 일이야. 어차피 여길 지나갈 테니까 전화하는 것보다 기다리는 게 빠르겠다고 생각했지."

나도 배달하던 손을 멈추고 섰다.

"무슨 일인데?"

"너 오늘 시간 있어?"

"오늘 신문 배달 끝나도 집안일 때문에 바빠. 동생도 돌봐 주어야 하고……."

"그게 아니라…… 특별히 누구랑 약속이 없냐는 거지. 12시에 역 앞으로 나올 수 있어? 만나볼 사람이 있거든."

"뭔데, 갑자기 생뚱맞게."

너무 갑작스럽고 일방적인 말에 눈썹을 찌푸렸더니 겐따가 서둘러 말했다.

"오면 점심 사줄게."

"진짜?"

"진짜야. 뭐든지 네가 먹고 싶은 거 마음껏."

"진짜, 진짜지?"

"진짜, 진짜, 진짜라고."

자신만만한 겐따의 웃음에 속아 나는 무작정 오케이 하고 말았다.

하긴 점심을 낸다는 것은 진짜였지만 이 세상은 그냥 누굴 만나는 것만으로 밥을 얻어먹을 수 있을 만큼 만만하지 않았다.

12시 오 분 전쯤 주차장에 자전거를 세우고 역 개찰구 앞으로 갔더니 웬일인지 지각 대장 겐따가 나보다 빨리 약속 장소에 나와 있는 게 아닌가.

아직 나를 못 본 것 같아서 눈치를 살피며 가까이 다가갔더니 오로지 센리쮸우오오(千里中央) 쪽에서 오는 버스만 바라보고 있었다.

"어이, 그쪽에서 누가 와?"

말을 걸었더니 녀석은 펄쩍 뛰어올랐다.

"놀래지 마."

겐따는 진짜 놀라서 열 받았는지 눈썹을 치켜 올리며 나를 노려보았다.

"야, 그쪽에서 누가 오는데?"

다시 한 번 묻자 겐따는 우물쭈물하면서 이름을 말했다.

"……K짱. 채팅에서 만난 여자애."

말을 하는 중에도 입가에 미소를 머금고 있다.

"록을 좋아하는 사람들이 모이는 채팅방의 최연소 여자애. 우리랑 같이 고등학교 2학년이래. 원래 여자애가 적으니까 거기선 아이돌 같은 존재야."

K짱이란 채팅에서 불리는 아이디(별명하고는 다르게 자신이 정한다고 한다.)로 본명도 모르지만 반년 전부터 채팅방에 들어오는 여자앤데, 고등학교 입학할 때 토오꾜오에서 이사를 와서 센리 근처에 산다는 것을 얼마 전에야 알았다고 한다.

지난밤(정확히는 오늘 새벽) 채팅에서 그 K짱이 다른 멤버들에게 에스오에스를 보냈다고 한다.

"오빠가 참가하는 밴드의 라이브가 다음다음 주 일요일에 있는데 드러머가 교통사고로 다리뼈가 부러지고 말았다는 거야. 이 주일 안에 곡을 마스터할 수 있는 대타 드러머 없냐고."

"그럼 그 드러머가 나?"

"그래."

겐따는 어이없을 만큼 뻔뻔하게 말했다. 이 자식, 자기가 짝사랑하는 여자애한테 잘 보이려고 아무 관계도 없는 친구를 이용할 속셈이었어. 그것도 고작 점심 한 끼로⁈

"어쨌든 좋아. 일단 K짱의 이야기를 들어봐야 하니까. 버스에서 내리면 금방 알겠지."

"아니, 만난 적 없어서 얼굴 모르는데……."

"만난 적 없으면 와도 모르잖아."

겐따의 말을 가로막듯 물었더니 입이 화난 것처럼 일그러졌다.

"알 수 있어. 이걸로."

그러면서 겐따는 두 손 검지로 머리 양쪽을 가리켰다.

"K짱의 이미지를 여기 그려놓았으니까."

"흐응."

나의 시큰둥한 대답에도 굴하지 않고 겐따는 관자놀이에 손가락을 댄 채 진지한 표정으로 눈을 감았다.

"피부는 하얗고 얼굴은 달걀형. 머리칼은 검고 찰랑거리는 롱 스트레이트. 눈은 또렷이 드러나지 않은 속 쌍꺼풀이지만 속눈썹은 길어. 한마디로 귀여운 타입. 그리고 키는 나보다 5센티쯤 작고."

"그건 실제 이미지가 아니라 상상, 아니 이상형이잖아."

"시끄러!"

겐따가 눈을 뜨고 나를 노려보는데 버스 정류장에 기다리던 버스가 도착했다. 일요일에 사람들이 오오사까 시내까지 외출하는 시간대는 아침나절일 것이다. 그래서 그런지 버스 정류장에 내리는 사람은 몇 명밖에 없고 게다가 여고생처럼 보이는 아이는 딱 하나뿐이다.

그러나 그 애는 꿈속의 K짱과는 전혀 달랐다. 게다가 우리와도 아는, 같은 학교에 다니는 애였다. 그것도 같은 경음악부 가운데 여자애들로만 구성된 밴드에서 드럼을 치는 애였다. 이름은 키꾸찌 케이꼬…… 어, 케이쇼? 케이쇼니까 K짱일 수도 있겠지만 설마…….

평소에는 교복 치마 차림이라도 머리가 짧아서 그런지 소년 같은 분위기를 풍겼는데, 오늘은 왠지 여성스럽다. 레이스 달린 하얀 원피스를 입어서 그런 걸까. 굽이 높은 구두를 신어서 그런 걸까.

키꾸찌는 역으로 걸어오더니 개찰구 앞을 몇 번이나 두리번두리번 둘러보다가 다른 사람이 없는 걸 확인하고서야 우리에게 말을 걸었다.

"저기, 조금 전에 기다리다 돌아간 사람 없었어?"

높은 구두 굽 때문에 5센티쯤 위에서 내려다보는 키꾸찌에게 겐따는 신경질적인 어조로 대답했다.

"다른 놈이 어쨌는지 내가 어떻게 알아!"

무슨 대답이 그래. 거의 시비 거는 거잖아.

"아니, 그런 사람 없었어."

당황해서 내가 수습하려 했지만 두 사람 사이에는 벌써 험악한 분위기가 조성되고 있었다.

"왜 겐따 같은 게 여기 있는 거야?"

"겐따 같은 거라서 참 미안한데, 우리도 여기서 만나기로 한 사람이 있으니 어쩔 수 없잖아."

'만나기로 한 사람'이라는 말에 키꾸찌는 놀란 듯 눈을 크게 뜨고 나와 겐따의 얼굴을 번갈아 바라보았다. 그렇게 노골적으로 바라보면 쑥스럽잖아.

"너희가 기다리는 사람 여자야?"

"그래. 너 따위랑 비교도 안 되는 귀여운 애가 올 거야."

"혹시 이름이 K 아냐?"

"어떻게 알았어⋯⋯? 설마⋯⋯ 으웩, 네가 K짱?"

"그럼 네가 탓짱이야? 어째서!?"

겐따와 키꾸찌(사실은 K짱이었다!)는 손가락을 앞으로 내민 채 눈을 화들짝 뜨고 그 자리에서 굳어버렸다.

역 앞의 오오쇼오(王將, 오오사까 지역을 근거지로 한 중화요리 체인점―옮긴이)에서 교자 정식을 먹고 나서 일단 예정대로 버스를 타고 K짱의 오빠가 연습하고 있는 스튜디오로 향했다. 그러나 버스의 맨 뒷자리에 앉아서도 둘 사이에는 찬바람이 불고 있었다.

"왜 겐따가 탓짱이야. 멋있는 사람일 줄 알았는데."

"타이찌가 내 본명이니까. 너야말로 왜 K짱이냐."

"이니셜이 K니까 그렇지."

"흥, 채팅에서는 내숭이나 떨고. 토오꾜오에서 이사 왔다는 것 빼고는 전부 엉터리잖아. 쳇, 학교에서 만날 엉터리 드럼만 치는 주제에 왜 다른 사람에게 부탁하냐. 네가 직접 하지."

겐따, K짱에게 무지 퍼부어대고 있지만 꽤 귀엽고 괜찮은 애 같은데. 저렇게 예쁘고 하얀 옷을 입었는데도 불평 없이 오오쇼오에서 같이 밥 먹어주는 여자애 별로 없을걸. 보통 쫙 빼입은 여자애들은 그렇게 공기 중 식용유 100퍼센트인 가게에 들어가고 싶어 하지도 않는다고. 내가 먹고 싶은 걸 존중해서 식당을 정하게 해준 것만으로도 감동할 일이야.

그러나 나도 한 가지만은 겐따와 같은 생각이었다. K짱은 경음악부의 밴드에서 드럼을 치는데 왜 스스로 오빠 밴드의 대타로 뛰지 않는 것일까? 왜 얼굴도 모르는(사실은 아는 사이지만) 다른 사람에게 부탁하려고 한 걸까? 겐따는 엉터리라고 말하지만 K짱 꽤 잘 치는데.

겐따가 '네가 직접 해.'라고 했을 때 K짱은 고개를 숙이고 한숨을 내쉬었다.

"나 드러머라고는 하지만…… 고등학교 들어와서 처음 시작했으니까 아직 서툴러. 어차피 이런 경력으로는 오빠들이 상대해주지도 않을 거야."

"나도 고등학교 와서 처음인데."

K짱이 눈을 동그랗게 뜨고 말했다.

"거짓말! 요꼬야마는 틀림없이 중학교 때부터 밴드 했을 거야. 어릴 때부터 드럼 교실 같은 데 다녔을 거라고 생각했는데."

"그럴 리가. 중학교 때는 취주부에서 큰북 쳤어."

"에, 그치만 스네어 정도는 쳤겠지?"

"아니, 동아리에 천재적인 놈이 하나 있어서 스네어는 그놈이 했고 나는 늘 큰북 쳤어."

"거짓말, 믿을 수 없어! 음 뭐랄까, 스틱 끝이 몸의 일부가 된 듯이…… 으응, 요꼬야마가 그냥 그대로 드럼의 일부가 된 것 같은 느낌이 들었어. 그래서 정말로 동경하고 있었는데."

K짱이 눈동자를 반짝이며 말했을 때 심장이 두둥, 울렸다. 여자애한테서 동경하고 있다는 말을 듣는 건 처음이자 마지막일지도 몰라.

"어, 이거 부끄럽네……."

얼굴이 달아올라 고개를 숙이고 머리를 긁적이며 그렇게 말했더니 K짱은 생긋 웃고 고개를 끄덕였다.

"나도 요꼬야마처럼 잘 칠 수 있으면 좋겠어."

아, 그런가, 동경하고 있다는 게 그런 의미였나.

나와 K짱의 대화가 오고 가는 동안 험상궂은 표정으로 입을 다물고 있던 겐따가 처음으로 풋, 웃음을 터뜨렸다.

"어이, 갑자기 뭐가 좀 이상해. 징그러."

K짱은, 내가 이상한 오해를 할 뻔했다는 것도, 의외로 눈치 빠른 겐따가 그걸 알아차리고 웃음을 터뜨렸다는 것도 모르는 것 같다.

세 정거장을 지나 내려 보니 그다지 번화하지 않은 길 구석에 스튜디오가 있었다. 아니, 스튜디오라기엔 좀 그렇다.

"스튜디오 아니잖아."

겐따도 역시 그렇게 말했다.

K쌍이 손가락으로 가리킨 건물은 어딜 어떻게 보아도 그냥 찻집이었다. 짙은 색유리로 둘러싸인 가게 안에는 손님 몇 명이 앉아 있었고, 문 위에는 'MISTY MOUNTAIN HOP'이라고 영어로 쓴 간판이 걸려 있었다.

K짱은 겐따의 말을 못 들은 척 무시하고 문을 열었다.

"안녕하세요."

친숙한 미소를 머금고 K짱이 인사한 사람은 카운터에 있는 수염을 기른 남자. 긴 머리를 뒤로 묶었다. 어딘지 모르게 뮤지션 같다.

"안녕, 케이꼬. 신지는 위에서 연습 중이야."

그 말을 들은 K짱은 약간 쓸쓸하게 웃더니 살짝 얼굴을 숙였다.

"케이꼬 친구야?"

이 찻집의 마스터인 듯한 털보 남자가 가볍게 우리를 가리키며 말했다.

"아니, 드럼을 대신할 사람이랑 그 친구."

뭐야. 같은 동아리인데 친구라고 하면 어디가 덧나나. 겐따는 아까부터 부루퉁한 얼굴이라 감정의 변화를 알 수 없다.

들어가자 바로 앞에 있는 좁고 가파른 계단에는 '음악 스튜디오. 2층 좌석은 없습니다.'라는 팻말을 걸어둔 쇠사슬이 통행을 막고 있다. K짱은 사슬을 채워둔 고리를 풀고는 돌아보지도 않고 터벅터벅 올라갔다.

뒤따라 올라가는데 갑자기 2층 방음문이 덜컹 큰 소리를 내며 열리더니 안에서 금발을 뾰족하게 세운 형이 뛰어 내려왔다.

"지가 뭔데. 너도 별 실력 없잖아!"

금발은 문 안에다 대고 한마디를 내뱉고는 "비켜!"라며 나를 밀치고 가파른 계단을 뛰어 내려갔다. 문과 계단 사이의 거리가 1미터 정도밖에 안 돼 자칫 밀려 떨어질 뻔했다. 정말 위험하게시리.

닫힌 문에 손을 대고 열려고 하는데 다시 안쪽에서 벌컥 열리는 바람에 문 모서리에 이마를 세게 부딪치고 말았다. 너무 아파서 비명도 안 나왔다.

"8비트도 못 치는 놈보다야 낫지! 다신 오지 마……. 아, 뭘 하고 있나, 젊은이. 쭈그리고 앉아 있지 말고, 자, 얼른 들어와."

사람 머리를 문으로 쳐놓고서는 태평스럽게 말하는 이 키 크고 수염 난 아저씨(형이라고 부르기엔 좀 그런)가 K짱의 오빠(신지 씨)가 속해 있는 밴드의 리더, 켄조오 씨였다.

아까 금발 형은 신지 씨가 우메다의 악기점 게시판에 붙여놓은 멤버 모집 전단지를 보고 온 드러머였다. 그래서 오디션 삼아 쳐보게 했는데 이 밴드의 음악적 성향과는 맞지 않았다고 한다.

K짱이 같은 고등학교 경음악부에서 드럼을 치고 있는 애라고 나를 소개하자 바로 어떤 패턴의 리듬을 제시하더니 쳐보라고 했다. 그랬더니 아까 금발 형을 그렇게나 실력 없다고 욕했던 게 싱거울 정도로 가볍게 합격 사인을 보내는 게 아닌가.

"별로 어려운 프레이즈도 쳐보지 않았는데 이 정도로 알 수 있어요?"

좀 불안해서 드럼 세트의 의자에 앉은 채 물어보았다.

"스틱의 움직임이나 리듬이 안정적이니까 이 정도로 충분히 알 수 있어. 무엇보다 이상한 버릇이 없는 게 좋아. 미래가 기대돼."

켄조오 씨는 눈을 가늘게 뜨고 말했다.

나는 무척 기뻤다. 화려하고 복잡한 걸 치면 대부분 사람들이 칭찬해주지만 기본이 탄탄하다고 칭찬받는 일은 좀처럼 없다. 진정으로 인정받았다는 느낌이 들었다.

"말해두겠는데 그 기대되는 미래는 나를 위한 거라고. 당신네 밴드를 도와주는 것은 이 주일뿐이야."

얌전하게 오디션을 바라보고 있던 겐따가 갑자기 시비조로 말했다. 나의 미래가 겐따를 위한 거였어? 게다가 열 살 정도나 많은 어른에게 당신이라니. 정말 놀랄 노 자다. 옛날부터 내 주위에는 세상 무서운 줄 모르고 나대는 친구가 많은 것 같다. 혹시 이놈은 그냥 타인과 자신의 상하 관계를 인식할 줄 모르는 철딱서니 없는 꼬맹이라서 그런지도 모른다.

켄조오 씨는 진짜 어른답게 느긋하게 웃으며 겐따에게 대답했다.

"물론 이 주일만 도와주면 돼. 다친 데가 나으면 원래 드러머도 돌아올 테니까. 걱정하지 마, 젊은 친구."

켄조오 씨는 어떤 나이 아래의 사람은 반드시 젊은이라고 부른다는 원칙 같은 게 있나 보다. 자기보다 어리면 무조건 그렇게 부르는 것인지 고등학생 이하 정도로 정해둔 것인지는 모르겠지만. ……하긴 이건 당장 밝혀내지 않으면 안 될 중요한 문제는 아니잖아.

"이 주일간 너희 밴드에 피해를 주는 건 보상하지."

작년에 대학을 졸업하고 우메다의 라이브 하우스(이 주일 뒤에 출연하기로 한)에서 아르바이트하고 있는 신지 씨가 겐따에게 티켓을 넉 장 건넸다.

"이거 다음 달 일본에 방문하는 천재 기타리스트 에릭 벤슨의 라이브 티켓이야. 아직 메이저는 아니지만 세계 정상급 아티스트들이 앞다투어 레코딩에 부르기도 하니까 아마 곧 세계 최고의 스튜디오 뮤지션으로……."

"알아, 알아! 사또시에게 CD 빌려서 들었는데, 진짜 멋있었어!"

겐따가 흥분해서 총알처럼 말을 뱉었다.

"이거 벌써 매진되었을 텐데. 받아도 되나."

말투는 아직 시비조였지만 얼굴은 완전 싱글벙글이었다. 자기가 갖고 싶어 하던 것을 받자마자 저렇게 기분이 바뀌다니 정말 단순하고 속물 같은 놈이다.

나는 그 에릭 어쩌고 하는 사람에게는 흥미가 없었고 애당초 보수는 생각지도 않았으니까 아무래도 좋다.

오늘은 여기까지인가 해서 드럼 앞에서 내려오려고 하는데 켄조오 씨가 붙잡았다.

"잠깐 기다려봐. 이제 슬슬 트럼펫하고 트롬본하고 색소폰이 올테니까."

트럼펫과 트롬본과 색소폰? 신지 씨가 기타와 보컬, 켄조오 씨가 베이스라고 하니까 분명 삼인조 밴드일 거라고 생각했는데 아니었다. 좀 편성이 이상한 록밴드잖아.

"안녕! 오오, 대타 드러머 뽑았습…… 엉?"

막 들어온, 검은 가죽 트럼펫 케이스를 어깨에 멘 자식의 얼굴이 눈에 익었다. 아니 아니, 눈에 익은 정도가 아니다.

"너, 멍청이 에이지잖아!?"

"코지마잖아, 너!"

중학교 취주부에서 트럼펫을 불었던…… 새된 하이 톤이 주특기이고 솔로가 끝나면 악기를 빙글빙글 돌리는 것에 목숨을 걸었던 그 코지마와 여기서 만날 줄이야, 이렇게 놀라운 일이.

"코지마, 너도 록밴드에 들어갔다니 정말 놀랄 일이네."

그러자 코지마는 살짝 미간에 주름을 잡더니 고개를 갸웃했다.

"록? 너 혹시 오해하고 있는 것 아냐? 우리 밴드는 리듬앤드블루스를 하는데."

"에?"

록이 아니야? 리듬앤드블루스?

리듬앤드블루스가 도대체 어떤 음악인지, 몰라 그딴 거.

셔츠에 **도미**……는 이상하잖아?

리듬앤드블루스가 뭐지?

내가 묻자 리듬앤드블루스 밴드 '싸운드 리플렉션'의 리더 켄조 오 씨는 엄청 감각적인 말투로 이렇게 말했다.

"걱정하지 마. 리듬앤드블루스는 록의 뿌리이기도 하니까 네가 잘하는 기본 비트를 산뜻하게 만들어내기만 하면 돼. 그래…… 아저씨들이 회식 때 치는 박수를 반대로 친다고 생각해버려."

아저씨들이 회식 때 치는 박수라니, 그런 게 밴드랑 무슨 상관이지? 요정의 큰 연회장에서 유까따를 걸친 술 취한 아저씨들이 노래방 반주에 맞추어 박수를 치고 있는 장면이 떠올랐지만 머릿속이 시끄럽고 복잡해질 뿐 뭐가 뭔지 모르겠다.

"일본의 박수는 한 박과 세 박으로 쳐. 이것이 박자의 표면적인 다운 비트야. 리듬앤드블루스나 록 같은 서양 음악은 박자의 뒷부분을 강조해. 이것이 업 비트, 또는 애프터 비트. 어떤 곡조 어떤 리듬이건 늘 마음속에서 애프터 비트를 느끼고 있으면 리듬앤드블루스의 템포를 만들어낼 수 있을 거야."

"와, 나 지금까지 그런 거 하나도 몰랐는데."

외국인처럼 과장된 몸짓을 하며 놀랐더니 켄조오 씨도 똑같이 두 손을 벌리고 놀랐다.

"젊은 친구가 애프터 비트가 뭔지도 모르면서 그 정도로 칠 수 있다는 것이 내게는 깜짝 놀랄 일이야."

다음 날 월요일부터 내 머릿속에서는 스물네 시간 줄곧 애프터 비트가 울리고 있었다.

타, 타, 타, 타……가 아니라 음타, 음타, 음타, 음타……라고 해야겠는데 알 수 있으려나, 이 차이.

쾅, 쾅, 쾅, 쾅이 아니라 음쾅, 음쾅, 음쾅, 음쾅.

팡, 팡, 팡, 팡이 아니라 음팡, 음팡, 음팡, 음팡.

둥, 둥, 둥, 둥이 아니라 음둥, 음둥, 음둥, 음둥……. 이제 그만할까.

어쨌든 악보를 본 적은커녕 귀빠지고 처음 들어보는 곡들뿐이라 이 주일 뒤에 있을 공연 때 제대로 치기 위해서 죽을힘을 다했다.

이야기를 듣고 처음엔 우리 밴드 연습은 어떡하느냐며 반대하던 사또시는 에릭 벤슨의 라이브 티켓을 손에 넣자마자 열심히 잘 치고 오라고 격려해주었다. 대타로 나서는 것 자체는 그리 싫지 않지만 티켓을 담보로 팔러 간 듯한 느낌도 없지 않다. 이 주일뿐이니까 뭐 괜찮지만.

음타, 음타, 음타, 음타……. 머리 가장 깊숙한 곳까지 애프터 비트를 새겨 넣으며 악보를 책상에 가려지게 무릎 위에 올려놓고 곡을 떠올려본다. 수업 중이니까 일단 책상 위에는 교과서와 노트를 펼쳐놓자. 연필을 쥔 오른손은 생각에 잠긴 것처럼 턱을 괴어 밑을 바라봐도 수상하지 않게. 사실은 이어폰으로 테이프도 듣고 싶었지만 수업 중에 그런 태도는 아무래도 심한 것 같아 그만두었다.

마음속에서 카세트의 스위치를 켜자 라이브 첫 번째 곡의 비트가 흐른다. 그 리듬을 타고 맨 먼저 드럼이 팔분음표를 연타하는 경쾌한 도입 부분이 떠오른다. 크레센도로 고조되는 부분에서 트럼펫, 트롬본, 색소폰이 연주하는 밝은 테마가 비트에 실린다. 그다음 멋진 기타 멜로디가 들어오기만 하면 그때부터는 무조건 경쾌하고 산뜻하게 리듬을 쳐나간다. 애프터 비트에 신경 쓰며 기분 좋게, 음타, 음타, 음타, 음타…….

"이 녀석, 뭐하는 거야, 요꼬야마!"

아오끼 선생님의 큰소리에 번뜩 정신을 차리고 보니 어느새 두 손에 연필을 잡고 노트 위를 신나게 쳐대고 있었다. 덕분에 연필 두

자루 다 심이 부러지고 노트 위에는 검은 자국이 점점이 박혀 있다. 게다가 나도 모르게 입으로도 '음타, 음타, 음타'를 중얼거려 반 아이들 모두 킥킥 웃어대고 있다. 으, 창피해.

"책상 밑에 숨긴 거 꺼내, 요꼬야마."

신발에 특수한 뒷굽이라도 붙였는지 딱딱 소리를 내며 아오끼 선생님이 다가왔다. 악보의 귀퉁이를 잡고 책상 위에 올리려고 하는데 아오끼 선생님의 손이 그것을 낚아챘다.

"이건 압수."

"안 돼요, 빌린 거라 큰일 나요."

"말대꾸하지 마! 수업을 방해했잖아. 이 정도는 당연하지."

수업을 방해했으니 할 말은 없지만 다른 사람에게 빌린 걸 빼앗길 순 없어…… 나도 모르게 손이 선생님이 가지고 있는 악보의 반대쪽을 잡아버렸다.

"안 돼요, 돌려주세요."

"반항할 생각이야, 너?"

아오끼 선생님은 말랐는데도 힘이 엄청 세서 악보는 둘 사이에서 줄다리기를 하듯 왔다 갔다 했다. 어느 한쪽이 힘이 빠져 놓아버릴 때까지 승부는 나지 않을 것 같았다. 그러나 정작 근성이 약한 놈은 악보의 종이였다.

찌지직……. 불길한 소리와 함께 아오끼 선생님과 나는 뒤로 벌렁 나자빠졌다. 나는 내 의자에 엉덩방아를 찧은 걸로 끝났지만 아오끼 선생님은 옆줄까지 날아가 쿵, 책상 모서리에 허리를 세차게 부딪치고 말았다.

책상과 책상이 부딪쳐 엄청난 소리를 낸 데다 여자애들이 꺅꺅 비명을 지르는 통에 교실 안은 아수라장이 되고 말았다.

아오끼 선생님만 조용히 바닥에 착 달라붙듯 엎드린 채 좀처럼 일어나질 않는다. 큰일 났다. 이 선생님, 비쩍 마른 몸에 강렬한 충격을 받아 등뼈가 산산조각 나고 만 건 아닐까. 딱히 선생님에게 반항할 생각은 없었는데 사고를 치고 말았다.

"……선생님, 살아 있어요?"

조심조심 다가가 슬쩍 내려다보니 선생님은 끼끼끽, 불길한 소리라도 날 듯 천천히 목을 움직여 엄청 흉포한 눈길로 나를 째려보며 나직이 중얼거렸다.

"네 마음대로 사람 죽이지 마."

아오끼 선생님은 온몸의 뼈가 잘 연결되어 있는지 확인이라도 하듯 조금씩 손발을 움직이더니 마침내 일어섰다.

"이 정도로 죽으면 선생질 못 해먹어."

으스대며 가슴을 펴는 걸 보자 나는 아까 있었던 일도 까맣게 잊고 감탄해버렸다. 선생님은 다시 한 번 후우 심호흡을 하고 막을 새도 없이 재빨리 내 책상 위에 있던 악보 반쪽을 낚아챘다.

"요꼬야마. 돌려받고 싶으면 점심시간에 생활지도실로 와."

악보를 빼앗은 아오끼 선생님이 너무나도 기쁜 표정을 짓고 있어서 나는 그걸 되찾을 기력을 잃고 말았다.

생활지도실에 들어서니 아오끼 선생님은 창문을 등지고 면담용 의자에 앉아 있었다. 내가 "실례합니다."라며 문을 열기 전부터 계속 앉아 있었던 듯한데, 선생님은 점심도 안 먹는 걸까. 나는 배고픈 걸 참고 점심시간 종이 울리자마자 곧장 뛰어온 건데.

"자, 앉아라."

아오끼 선생님은 책상 위로 빼앗은 악보를 던졌다. 완전히 두 개로 찢어졌던 종이 한가운데를 서투른 솜씨를 발휘하여 셀로판테이프로 붙여놓았다.

"이거 돌려주는 거예요?"

"……'돌려주시는 겁니까.'라고 해야지. 네가 초등학생이냐. 존댓말도 제대로 못 쓰게."

변함없이 화난 말투였지만 눈은 화난 것 같지 않았다. 그렇지만 그건 내 생각뿐이었던 듯 곧장 아오끼 선생님의 끝없는 설교가 시작되었다.

"요꼬야마, 너는 수업 시간에 취미 생활을 할 상황이 아니지 않냐. 나는 수학밖에 잘 모르지만 듣는 바로는 입학한 이후로 수학뿐 아니라 모든 과목이 낙제점이라 늘 재시험이고, 그 재시험도 또 낙제점이라 보충수업을 반복하고 있다며. 2학년으로 진급 못할 뻔한 걸 모든 선생님이 수업 태도가 성실하다고 입을 모으는 바람에 낙제는 면했지. 나도 요꼬야마의 태도 하나는 지금까지 높게 평가했었어. 그런데 이게 뭐야. 당당하게 수업 중에도 쓸데없는 북 치기 연습이나 하고 말이야. 이번 시험 못 보면 사정없이 낙제시킬 거다."

'북…… 드럼 연습은 쓸데없는 짓이 아냐!'라고 외치고 싶었지만 시험 점수 이야기는 아오끼 선생님이 말한 대로니까 대꾸할 수 없었다. 다른 선생님에게서도 태도만 나빴으면 바로 낙제였다는 말을 2학년이 된 후에 실릴 만큼 들었으니까.

"아까 그 악보 빌린 거라고 했지? 악보를 빌려서 수업 시간까지 연습하는 것은 도대체 무슨 이유야? 너희 밴드가 라이브 하우스에서 아르바이트하려 한다는 소문을 들었는데, 그때 쓸 곡이냐? 말해두는데, 교칙에 술집 같은 데서 아르바이트하는 건 금지되어 있다는 거 알아둬."

공부 이야기가 아니라서 다행이라고 잠깐 마음을 놓았더니 이야기는 더 심각해졌다. 비트 키즈가 라이브 하우스에 나가는 것은 그만두기로 했지만 대타로 나 혼자 라이브 하우스에 나가는 것은 사실이다. 그렇지만 여기서 솔직하게 털어놓았다가 금지당하면 싸운드 리플렉션이 곤란해진다.

"저기, 이건 아는 사람이 밴드를 하는데 거기 한 번만 나가기로 했거든요……. 음, 그 밴드 드러머가 쉬기로 한 날 한 번만이에요. 옆 동네 스튜디오에서 연습하는데 앞으로 딱 이 주일만, 그리고…… 저, 어쨌든 라이브 하우스가 아닙니다."

필사적으로 변명했지만 나를 노려보는 아오끼 선생님의 눈길은 여전히 집요하다. 나는 별로 거짓말해본 적이 없어서 저런 눈길을 받기만 해도 식은땀이 흐른다. 이런 상황에는 웃음이 상책이라는 생각에 히죽히죽 웃었더니 갑자기 아오끼 선생님은 고개를 돌리며 헛기침을 했다.

"이제 됐어. 이건 일단 가지고 돌아가도 되지만 또 수업 시간에 이런 짓을 해봐. 무사히 3학년이 될 수 있을지 장담 못 해."

선생님에게 다짐을 하고 방을 나오는데 번들이가 기다리고 있었다. 진짜 배고파 죽겠는데 이런 집중 공격 제발 좀 그만둬.

"겐따에게 들었다. 아오끼 선생님 기분은 좀 어때?"

다행이다. 번들이는 설교하러 온 게 아닌 것 같다.

"어떻다니요……. 좀 잔소리 들은 것뿐이에요. 아, 다음에 또 이런 일 있으면 낙제할지도 모른대요."

"너 엄청 태평인데 낙제가 무슨 뜻인지 알기나 해?"

"알고 있어요. 제대로 수업 들어도 잘 모르겠고, 체질적으로도 공부랑 안 맞는 것 같고, 혹시 낙제당하면 학교 그만둘 거예요."

나란히 서서 잰걸음으로 복도를 지나며 아무 생각 없이 말했더니 번들이는 발길을 멈추고 나에게 소리 질렀다.

"바보 자식! 낙제하면 그만두겠다는 헛소리 지껄이면 용서 못

해. 공부는 체질로 하는 게 아냐. 모르는 것이 있으면 언제라도 선생님에게 물으러 와! 선생님도 모르는 과목이 있겠지만 요꼬야마보다는 나을 테니까."

번들이는 기름 낀 얼굴을 시뻘겋게 물들이며 역설했다. 엄청 세게 내 어깨를 붙잡고 흔드는데 내가 그렇게나 아슬아슬하게 낙제를 면한 거였나. 아오끼 선생님의 설교보다 이쪽이 더 충격이다.

서둘러 네, 네, 하고 고개를 끄덕였더니 선생님은 겨우 마음을 가라앉히고 나시 걷기 시작했다.

"선생님이 어릴 때는 일렉트릭 기타 치는 것만으로 깡패 취급받았어. 학교에서 록을 한다는 건 꿈도 못 꿨지. 다른 학교 친구들과 구민회관을 빌려 계획했던 콘서트도 결국 주민들의 신고 때문에 중지당했었고⋯⋯. 그래서 너희에게는 가능한 한 자유롭게 음악을 하게 해주고 싶어. 지금은 문화제니 신입생 환영회니 연주할 기회가 많아서 행복하잖냐. 억지로 다른 무대에 서려 하지 말고 앞으로 두 번 남은 문화제에서 멋지게 해보면 되잖아. 다른 세 명과 함께 졸업할 수 있도록 열심히 해, 요꼬야마!"

내 등을 세게 치고 번들이는 생물실을 향해 모퉁이를 돌아 사라졌다.

흐음, 번들이가 우리를 걱정해주는 마음은 잘 안다. 정말 기쁘다.

그러나 이제 와서 대타를 그만둘 순 없다. 너무 무책임하잖아. 낙제는 나만의 문제지만 한번 받아들인 일을 내치면 다른 사람들에게 폐를 끼치고 마니까, 역시 이 일이 더 중요해……. 미안해요, 벗들이.

나는 빌린 악보가 찢어진 것을 알려야겠다는 생각에 K짱의 교실로 뛰어 들어갔다.

교실에서 연습하는 건 그만두었지만 언제 어디서든 머릿속에 리듬앤드블루스의 프레이즈를 되뇌며 생활하고 있다.

애프터 비트 외에, 실제 때리는 박자인 온 비트와 달리 치지 않는 공백의 박자를 느끼며 비트를 만들어내는 오프 비트에 대해서도 켄조오 씨에게 배웠다. 매일 켄조오 씨의 개인 지도로(이 사람 아르바이트한다는데 일은 언제 해?) 그 스튜디오에서 연습을 하다 보니 요 이 주일 사이에 어쩐지 우리 밴드에서 록만 칠 때보다 몸의 움직임이 훨씬 가벼워진 것 같다. 악보에 적힌 음, CD에서 들리는 음만 외우는 게 아니라 자기만의 비트를 가지고 곡을 연주하는 것이 소중하다는 것을 요 이 주일 사이에 깨달은 것이다.

공연 전날인 토요일, 성인 멤버 전원이 휴가를 내고 고등학생 멤버 두 명은 무단결석해서 모처럼 함께 모여 연습을 했다.

그때 처음으로 알게 된 사실이 있어 나는 무척 놀랐다. 아래층 찻집이 토요일인데도 문을 닫고 그 마스터가 스튜디오의 키보드 앞에 앉아 있었던 것이다. 게다가 마스터인 키리야마 씨는 켄조오 씨의 형으로 고등학교 시절에 싸운드 리플렉션의 전신인 밴드를 결성한, 이를테면 그림자 리더였다.

기타, 베이스, 트럼펫, 트롬본, 색소폰, 그리고 키보드에 드럼.

취주부 이후로 이렇게 일곱 명이나 되는 대식구가 모여 연주하는 것은 처음이라 조금 긴장했다.

그러나 매일 베이스의 켄조오 씨와 함께 연습한 덕에 아무리 다양한 소리가 들어와도 허물어지지 않는 비트를 자연스럽게 내 안에서 만들어낼 수 있었다. 완성된 곡을 들으며 치는 것이 굉장히 즐거워서 언제까지나 이 소리의 울림 속에서 치고 싶다고 진심으로 바랄 정도였다.

진짜 손님 앞에서의 첫 번째 라이브 체험을 우리 밴드와 함께하지 못하는 것이 좀 아쉽긴 하지만 지금은 오로지 하루라도 빨리 진짜 무대에 서보고 싶다는 마음뿐이다.

내일을 위한 모든 연습을 끝내고 기분 좋은 피로와 함께 뒷정리를 하는데 켄조오 씨가 손뼉을 치며 준비 사항을 큰 소리로 알렸다.

"자 자, 모두 들어봐. 내일 연주는 오후 7시부터지만 리허설 집합은 오후 1시. 의상은 늘 입던 대로…… 아, 이번에 신입이 두 명 있으니까 설명합니다. 바지는 짙은 색으로 자유, 상의는 셔츠에 타이(일본어로 도미와 발음이 같다 —옮긴이)입니다."

셔츠에 생선 도미?……는 아니겠지, 아무래도. 설마 도미 무늬 티셔츠를 입으라는 말……?

"아, 지금 에이지가 무슨 생각 하는지 알았다."

서츠에 타이라는 소리를 듣고 머리를 갸웃했더니 갑자기 코지마 타께시가 일어서서 나를 손가락질했다.

사람 얼굴에 손가락질하면 안 돼, 하고 외치고 싶었지만 타께시가 정곡을 찌르는 통에 아무 말도 할 수 없었다.

"너, 셔츠에 도미 매달고 올 생각이었지?"

"에, 아니…… 살짝 생각하긴 했는데……."

솔직한 내 말에 폭소가 터졌다. 몰랐으니까 틀릴 수도 있는 거지. 좀 기분 나쁘네.

폭소의 도가니 속에서 혼자 뚱해 있었더니 구경하러 왔던 K짱이 억지로 웃음을 참으며 설명해주었다.

"타이는 넥타이를 말하는 거야. 다들 검은 넥타이나 나비넥타이를 매고 와. 우리 집에 남는 나비넥타이 있으니까 요꼬야마 넥타이 없으면 빌려줄게."

"정말? 고마워, K짱."

우리 집에는 아빠의 예복용 넥타이밖에 없고 게다가 그게 지금 어디 있는지 아무도 모를 테니까 빌리는 편이 무난할 거다. K짱은 세심한 데다 금방 웃음을 멈출 줄도 아는 상냥한 애다. 그런데 왜 겐따하고만 사이가 나쁜 건지(그때부터 이 주일 동안 계속 험악한 분위기) 이상하다.

"셔츠는 하얀색이든 뭐든 상관없어."

신지 씨도 웃음바다에서 빠져나와 가르쳐주었다. 정말 남매가
모두 좋은 사람들이야.

다음 날 리허설을 무사히 끝내고 이른 저녁을 먹은 다음 우리는
공연 전의 설렘 때문에 심장이 입 밖으로 튀어나올 것 같은 기분으
로 대기실에 들어갔다. 키리야마 씨나 켄조오 씨는 삼십 대에 가까
운 베테랑이니까 아무렇지 않은 듯했지만 나나 타께시는 벌써 벌
벌 떨며 아까부터 얼굴이 마주칠 때마다 장난 섞인 심호흡 흉내만
내고 있다.

오늘 밤은 7시부터 8시까지 출연하는 싸운드 리플렉션 말고도 8
시부터 출연하는 또 다른 밴드가 있어 같은 대기실을 사용하고 있
다. 같은 날 함께 출연하는 밴드를 라이벌 밴드라고 한다는데, 오늘
라이벌 밴드는 재즈 트리오라 사람 수가 셋밖에 없어 다행이다. 혹
시 저쪽도 일곱 명 편성이었다면 거짓말 좀 보태서 대기실에 다 들
어갈 수도 없었을 것이다.

공연 시간이 다가와 모두 악기를 점검하기 시작했다.

꽈당! 커다란 금속음이 대기실 안에 울려 잠시 모두 숨을 삼켰다.

"죄송합니다."

타께시가 사과하며 바닥에 떨어뜨린 마우스피스를 줍고 있었다.
바닥에서 주워 올려 트럼펫 본체에 끼우는 동안 손가락 끝을 떨고
있다. 진짜 긴장되나 보다.

나는 대기실 안에서는 아무 할 일도 없는 데다 가만히 있으면 긴장이 옮을 것 같아 무대의 드럼 세트를 점검하려고 의자에서 일어났다. 그랬더니 안쪽에 있어 보이지 않았던 신지 씨가 아까까지 입고 있던 파란색 티셔츠를 하얀 와이셔츠로 갈아입고 있었다. 그 옆에 있던 켄조오 씨도 베이스를 옆에 두고 티셔츠 위로 와이셔츠를 걸치고 있었다.

혹시, 혹시 나, 엄청난 착각을 하고 있었는지도…….

"저기, 혹시 셔츠라는 게 와이셔츠였어요?"

문가에 서서 모두에게 그렇게 물었더니 대기실 안 공기가 순식간에 꽁꽁 얼어붙었다. 족히 오 초쯤이나 지나서 와이셔츠에 한 팔만 넣은 상태로 켄조오 씨가 소리 질렀다.

"너 혹시 그 어린이 티셔츠 위에 나비넥타이 맬 생각이었냐!"

"그, 아 예 그러려고……. 아니, 이거 어린이 셔츠가 아니라 어른용 M 사이즈인데요."

"그런 문제가 아니잖아!"

관자놀이에 급격히 솟아오른 혈관이 뚝뚝 소리를 내며 끊어질듯 켄조오 씨는 새빨개져 소리 질렀다. 아까까지 긴장의 극치를 달리던 타께시가 맨 먼저 배를 끌어안고 의자에서 굴러떨어지며 웃어댔다. 그 순간 모두가 얼굴을 구기며 웃는데 라이벌 밴드 세 명까지 거울을 향해 어깨를 들썩이기 시작했다. 게다가 인상을 찌푸리며 나를 노려보던 켄조오 씨마저 풋 웃음을 터뜨리더니 결국엔 바닥에 주저앉아 웃어젖혔다.

뭐가 그리 우스워? 어쨌든 셔츠는 셔츠잖아. 타이는 넥타이라고 가르쳐주었지만 셔츠가 와이셔츠라고는 아무도 가르쳐주지 않았어.

"어이, 우리 혹시 코믹 밴드야?"

신지 씨가 눈물까지 글썽이며 말했다. 확실히 모두 하얀색 라운드 셔츠 위에 나비넥타이를 하고 있는 모습을 상상해보면…… 정말 너무 안 어울려! 점심 전 집을 나설 때 그 이상한 모습을 깨닫지 못한 내 둔감함에 머리가 뱅뱅 놀 것 같았다.

"어쨌든 그 어린이 티셔츠 좀 어떻게 해봐. 누구 여분으로 와이셔츠 가져온 사람 없어?"

켄조오 씨의 독촉에 모두 자기 가방 안을 뒤져보았지만 있을 리 없지. 아아, 감동의 첫 무대인데 완전 코믹 밴드가 되고 말았다.

"어이, 에이지. 잘하고 있냐?"

갑자기 밖에서 문이 열리며 겐따를 선두로 비트 키즈 녀석들이 머리를 내밀었다.

"긴장하고 있는 건 아닌가 해서 응원하러 왔어……."

평소처럼 재잘대며 겐따가 간식이 담긴 편의점 봉투를 내밀었지만 그때 내 눈엔 다른 아무것도 들어오지 않았다. 겐따가 입고 있는 분홍색 와이셔츠 외에는.

"겐따! 일생 마지막 부탁이다. 옷 좀 벗어!"

대답을 들을 새도 없이 화다닥 깃의 단추에 손을 댔더니 겐따는 새파래져 눈을 휘둥그렇게 떴다.

"에이지, 너…… 그런 놈이었어?"

"어떤 놈이면 어때. 어쨌든 빨리 벗어. 그 옷 줘."

저항하는 겐따를 문 쪽으로 밀어붙이고 위에서 두 번째 단추를 푸는데 눈앞이 새하얘지며 시야가 몇 초 사라졌다.

"뭐하는 거야, 이 변태가!"

머리 위로 떨어지는 겐따의 고함 소리에 눈을 뜨자 거기에는 걱정스러운 눈으로 내려다보는 사또시와 시게가 있었다. 예쁘장한 얼굴에 무슨 주먹이 그리도 센지 그 한 방을 얼굴에 맞고 뇌진탕으로 몇 초 의식불명이 된 사이에 놈은 도망쳐버렸다…….

냉정히 생각해보면 겐따의 옷이 나에게 맞을 리도 없는데 괜히 말도 안 되는 짓을 한 것 같다. 나중에 제대로 사과해야지.

드럼은 무대 맨 뒤에 있으니까 손님들이 눈치채지만 않으면 문제없을 것이다.

그러나 멤버들이 무대에 오르고 조명이 켜진 순간 객석에서 새된 응원 소리가 터져 나왔다.

"힘내! 어린이 티셔츠!"

무대 바로 앞 자리에서 일어선 겐따가 신나게 손을 흔들고 있다. 겐따의 양옆에서 웃으며 고개를 끄덕이고 있는 사또시와 시게가 사정을 잘 설명해주었나 보다. 그래도 어린이 티셔츠라는 말의 유

래까지 가르쳐줄 필요는 없잖아.

"어린이 티셔츠 아니야! 어른용 M 사이즈다!"

대뜸 소리치고 난 뒤 아차 싶었지만 이미 때는 늦었다. 잠깐의 정적이 흐른 뒤 바닥이 무너질 정도로 큰 웃음소리가 홀을 흔들었다. 우우, 이걸로 코믹 밴드 완성이다.

오프닝 곡을 시작해야 하는데 좀 풀이 죽어 가만히 있자 바로 앞에 있던 켄조오 씨가 돌아보며 말했다.

"사, 손님들 모두 분위기 났어. 힘차게 가자!"

"……웃기만 하는데요."

울상을 지으며 말했더니 켄조오 씨는 가볍게 고개를 옆으로 저었다.

"웃고 있다는 건 지금 즐겁다는 거야. 즐겁지 않은 것보단 즐거운 편이 음악에 젖어들기 쉬워. 우리 음악은 어려운 게 아니라 즐기는 음악이니까 웃는 편이 좋아……. 정말이야."

게을러서 그런 건지 멋으로 일부러 기른 건지 수염이 덥수룩한 켄조오 씨가 지금은 터무니없이 멋져 보인다. 아까는 그렇게 화를 내더니만 이럴 때는 역시 어른이다.

"자, 시작해!"

나를 향해 큰 소리로 말하고서 모두에게 손을 올려 사인을 보냈다.

이제 라운드 셔츠에 나비넥타이로 웃음거리가 되어도 두렵지 않다. 이 주일간 열심히 즐겁게 연습해온 것을 완전히 발산하지 않으면 나중에 후회할 테니까.

두 손을 들어 올리고 스틱을 두드리며 카운트한다. 웃음소리는 사라지고 홀의 공기가 모두 나를 향해 흐른다.

시원스럽게 전주를 시작하자 하나 둘 셋에 타께시를 비롯한 혼 쎅션이 밝은 곡조의 테마를 비트에 싣는다. 세 명이 동시에 악기를 올렸다 내렸다 하는 퍼포먼스를 선보인다. 저 사람들 정말 굉장히 멋있어!

빌린 테이프에서는 주선율이 기타 솔로였지만 오늘은 신지 씨가 기타를 치며 노래 부르고 있다. 가사는 영어에 구성진 목소리다. 아이돌스러운 겉모습과는 달리 보컬로서 신지 씨는 평소보다 어른스러워 보인다.

평소처럼 중후한 매력을 발산하는 켄조오 씨는 비트를 쭉쭉 당기며 힘차게 베이스를 치고 있다. 멜로디를 만들기도 하고 때로 타악기처럼 소리를 튕기기도 한다. 자유롭고 리듬감이 넘치는 리듬 앤드블루스만의 분위기의 중심에 이 사람이 있다.

그리고 그 누구보다도 연주를 즐기고 있는 사람은 그림자 리너키리야마 씨.

몸은 무대 왼쪽 구석에 둔 키보드 앞에 서 있지만 소리는 무대를 온통 헤집는다. 기타와 함께 화음을 만들어내는가 하면 혼 쎅션과 함께 멜로디를 연주하기도 하고 순식간에 나와 같은 비트를 치기도 한다. 요 이 주일 동안 연습에 참가한 적이 한 번뿐이라고는 믿기 어려울 만큼 멋지게 녹아들고 있다. 역시 자기가 토대를 세운 밴드라 그런 걸까.

나도 이 밴드와 함께한 것이 고작 이 주일이라고는 믿을 수 없을 정도로 음악에 어울렸고 멤버 모두가 대타로 참가한 나를 진심으로 따뜻하게 받아주었다. 연주가 점점 막판에 다다르자 이대로 끝낸다는 게 슬플 정도로 내 감정은 벅차올랐다.

싸운드 리플렉션의 실력이 좋아서 그럴지도 모르지만 기술적인 부분 이상으로 그날 밤 멤버들의 일체감이 라이브 하우스의 관객에게도 전해진 것 같다. 손님들은 줄곧 일어나 춤을 추면서 우리가 만들어내는 음악의 파도를 몇 배로 되돌려주었다. 두 손을 들어 올리기도 하고 박수를 치거나 리듬을 타면서 몸으로 웨이브를 그려내는 사람들을 내려다보고 있자니 아플 만큼 가슴이 두근거렸다.

모두의 힘으로 조금씩 공기를 흔들어 음을 만들고 그것이 모여 음악이 되면 공기뿐만 아니라 사람의 마음도 움직일 수 있다. 사람들의 팔다리를 움직이게 하고 춤을 추게 할 수도 있다. 자신의 몸과 마음을 움직여 다 함께 음악을 만들어낸다는 건 정말로 즐겁다. 평생 이렇게 음악을 만들며 살아가고 싶다.

……다음엔 진짜 우리 밴드랑 해봐야지, 꼭.

눈 깜짝할 사이에 한 시간이 지나버렸다. 나와 타께시만 멍하게 얼이 빠져 있을 뿐 다른 사람들은 무대 철수와 악기 정리에 여념이 없다. 나도 도와주려고 했지만 이상하게 손발이 저려 힘이 실리질 않았다. 스틱을 들고 대기실로 돌아가는 것조차 힘들 정도였다.

대기실에서 이제 한숨 돌리려 하는데 켄조오 씨가 내 등을 툭 쳤다.

"수고했어. 피곤하겠지만 우리 다음 밴드의 드러머 말이야, 꽤 실력 있는 프로니까 잠깐 보고 가."

나는 다른 사람이 드럼 치는 걸 듣는 것도 좋아해서 기쁜 마음으로 따라갔다.

아까보단 관객이 좀 줄었지만 무대 앞에 다들 몰려 있는 바람에 켄조오 씨, 타께시와 함께 음료수를 사서 카운터 앞에 앉아 지켜보기로 했다.

프로답게 수준이 다른 멋진 드러밍과 재즈 음악이라 나나오의 드럼이 떠올랐다.

중학교 때는 나나오가 어떻게 온갖 리듬이 얽힌 복잡한 프레이즈나, 어디서 템포가 바뀌는지 알 수 없는 빈 공간이 많은 재즈를 칠 수 있는지 도무지 이해할 수 없었다. 그러나 지금은 거짓말처럼 매끄럽게 그런 것들이 몸에 달라붙는다.

그것은 아마도 비트 가운데 숨어 있어 들리지 않는 소리…… '오프 비트'의 존재를 알았기 때문일 것이다. 이 주일 전까지 몰랐던 오프 비트를 지금의 나는 느낄 수 있다. 들릴 리 없는 소리가 들린다.

"……에이지, 어이, 켄조오 씨가 뭐 마실 거냐고 묻는데."

"응, 주스라면 뭐든 좋아."

단 일 초라도 놓치고 싶지 않아 대충 대답하고 말았지만 그러고 보니 엄청 목이 말라서 단박에 목구멍으로 쏟아부을 수 있는 무탄산음료가 좋겠다는 생각이 들었다. 주문하러 간 타께시의 모습을 찾았더니 벌써 두 손으로 세 개의 컵을 한꺼번에 집으려 애쓰는 중이었다.

"미안, 미안. 내 건 내가 들게."

음, 뭐가 내 거시? 아차, 선부 나 서뿜이 뽕뽕 튀는 탄산음료다. 노골적으로 콜라 색깔을 드러내는 놈이랑 위스키처럼 호박색을 내는 놈은 패스. 어쩔 수 없이 가장 주스처럼 보이는 복숭아색을 잡았다.

"잘 마시겠습니다."

탄산에는 약하지만 참고 단숨에 마셨더니 짙은 복숭아 향이 나서 맛있었다.

"에이지, 그거 네 거 아냐!"

"에, 뭐라고?"

타께시가 아니라고 하는 것 같은데 갑자기 목소리가 잘 들리지 않았다. 음악 소리가 너무 커서 그런가.

아, 잘 들려둬야 하는데. 음악 소리까지 희미해졌다. 오프 비트는 물론 꼭 들려야 할 소리까지 들리지 않는다.

켄조오 씨가 무슨 말을 하는 모습이 흐릿하게 보인다. 그 뒤에서 묘한 눈빛으로 나를 바라보는 아저씨. 어디서 본 듯한데. ……어디서 봤더라, 아빠를 따라간 경마장에 이렇게 기름 낀 아저씨들이 엄청 많았었는데…….

고개를 갸웃거리며 계속 그 아저씨를 쳐다보는데 무서운 얼굴로 나에게 소리치는 게 아닌가.

"요꼬야마! 너 술 같은 걸 마시고 뭘 하는 거야!"

기억났다. 이 자식 번들이다.

번들이를 잊어버리다니 나 좀 이상하네.

그런데 번들이도 이상하다. 나 술 안 마셨는데.

주변 전체가 이상하다. 사람들이 조용한 재즈 트리오를 들으면서 빙글빙글 돌며 춤추고 있다. 혹시…… 돌고 있는 것은 나일지도.

"우……. 기분 나빠……."

번들이의 얼굴이 참을 수 없을 정도로 격렬하게 내 머릿속에서 흔들흔들……. 그 후론 캄캄.

모든 것을 결정하는 것은 나?

라이브 하우스 첫 체험에 이어서 '자택 근신 첫 체험'까지 해버렸다. 게다가 엄청난 숙취까지 덤으로.

켄조오 씨가 번들이의 예전 고등학교 제자이면서 가끔 라이브에 초대할 정도로 친하다는 것을 까맣게 몰랐다. 켄조오 씨는 번들이가 근무하는 고등학교에 내가 다닌다는 것도 모른 채 티켓을 보내버린 데다 재수 없게도 내가 복숭아 칵테일을 주스로 잘못 알고 마시는 것을 번들이가 봐버리는…… 상상도 못했던 최악의 우연이 겹쳤다.

언제나 우리 편에 서는 번들이지만 라이브 하우스 출연 현장을 두 눈으로 본 데다 급성 알코올의존증으로 병원에 옮기는 치다꺼리까지 한 이상 도저히 눈감아줄 수 없었다. 태어나서 처음 원 샷으로 들이킨 알코올의 쇼크에서 벗어난 나를 병원에서 집까지 배달했을 때(그러는 사이에도 내 의식은 몽롱), 번들이는 우리 부모님에게 '학교에서 추후 통지가 있을 때까지 자택 근신'이라는 말을 남겼다고 한다.

겨우 정신을 차리고 자리에서 일어나 보니 책상 위의 시계는 벌써 오후 1시를 가리키고 있었다. 조간 배달은 펑크였다. 무단결근해서 큰일이라고 걱정했지만 내 상태를 보고 오늘은 무리라고 판단한 엄마가 아파서 쉰다고 미리 전화를 해주어 다행이었다.

2층에서 내려왔더니 부엌에서 점심 설거지를 하던 엄마도, 거실에서 미사끼와 놀고 있던 할머니도 평소처럼 '잘 잤니.' 하고 말했다.

"잘 잤니……가 아니라 벌써 점심때잖아."

한 손으로 아직도 지끈거리는 머리를 잡은 채 말했다.

"물이라도 좀 마시는 게 좋겠어."

거실과 부엌 사이의 벽에 등을 기대고 그냥 바닥에 앉아 있었더니 엄마가 컵에 수돗물을 따라 왔다.

"고마워."

감사히 컵을 받아 들고 찔끔찔끔 마시는데 처음으로 할머니가 잔소리를 했다.

"아이고 참, 마시지도 못하는 술을 잘못 마셔서 병원 신세까지 지다니 그게 어디 고등학생이 할 짓이냐. 그런 라이브 하우스 같은 위험한 장소에 드나드는 자체가 문제지."

"할머니, 라이브 하우스는 별로 위험한 데가 아니야…… 우웩."

갑자기 말을 빨리했더니 또 토할 것 같았다.

"뭐, 네가 술을 못 마시는 체질이라는 걸 알았다는 게 불행 중 다행이지만."

할머니는 즐거운 표정으로 웃으며 말했다.

그러고 보니 그렇다. 나는 알코올과는 도무지 안 어울리는 체질이란다. 그렇다면 어른이 되어도 잔뜩 취해서 가족에게 폭력을 행사하는 그런 일은 절대로 없을 것이다. 얼굴도 머리 나쁜 것도 거의 아빠를 쏙 빼닮았지만 알코올만은 엄마의 유전자를 가진 모양이다. 이걸로 나의 미래가 조금은 밝아졌다.

물을 다 마시고 부엌에 컵을 갖다 놓으려 일어섰더니 미사끼가 할머니 무릎 위에서 내려와 총총 달려왔다.

"오빠, 공원, 가자. 공원."

작고 통통한 손을 내밀며 동그란 눈을 가늘게 뜨고 생긋 웃는다. 진짜 진짜 귀여워, 미사끼는!

보통 때 같으면 바로 안아 올려 뺨을 비비고 목마를 태워 가까운 공원으로 나갔을 테지만 지금 그랬다가는 분명 토하고 말 것이다. 근신 중이니까 밖에 나갈 수도 없고.

"미안, 오늘은 오빠 밖에 못 나가. 집에서 놀자."

얼굴을 들여다보고 웃으며 말했더니 미사끼는 눈을 동그랗게 뜨고 순식간에 입을 늘어뜨리며 울상을 지었다.

"공원, 가자. 구네 탈 거야, 구네."

음, 알아들을지는 모르겠지만 네가 말하는 '구네'의 정확한 발음은 '그네'란다. 그 밖에도 '미구럼틀'은 '미끄럼틀'. 아직 제대로 발음할 수 없는 말이 많지만 하고 싶은 말은 거의 한다.

우우, 나도 같이 놀고 싶은 마음이 굴뚝같지만 오늘은 안 돼.

내가 어쩔 줄 몰라 하고 있는데 갑자기 신발장 위에 놓인 전화가 울려 미사끼의 주의를 끌었다. 엄마를 따라 전화기로 달려가는 걸 보고는 다시 벽에 기대는데 엄마가 나를 불렀다.

"에이지, 쿠라따 선생님 전화."

쿠라따······? 아, 번들이의 본명이지.

반쯤 기다시피 전화기까지 가서 바닥에 엎드린 채 엄마에게 수화기를 건네받았다. 아직 화상 전화가 보급되지 않아서 다행이라는 생각이 들 만큼 꼴 같지 않은 모습이다.

"아 난데, 어떠냐, 에이지."

"······일단, 살아 있습니다."

"그런가, 살아 있냐."

대화가 좀 이상하다.

"사고였다는 거 알지만 음주한 건 사실이니까, 당분간 자택 근신으로 처리됐어."

"······네."

"아마 기말시험까지는 처분이 풀릴 테니 집에서 시험공부 열심히 해. 이번에 또 낙제점 받으면 큰일이니까."

"네."

"걱정은 안 해도 돼. 이제부터 매일 필기한 거 보여줄 애가 찾아갈 거야."

원래부터 우리 편이긴 하지만 그렇다고 해도 오늘의 번들이는 지나치다 싶을 정도로 상냥하다.

"고맙습니다. 근데 선생님, 나한테 너무 신경 쓰는 거 아니에요?"

잠깐 침묵이 흐른 뒤 번들이는 귀가 아플 만큼 크게 소리 질렀다.

"내가 왜 너한테 신경 쓰는지 모른단 말이야! 키리야마가 너를 너무 걱정해서 혹시 근신 이상의 처분을 받거나 이 일 때문에 낙제라도 당하면 그놈 볼 낯이 없으니까 그렇지. 나만 거기 안 갔으면 아무 문제도 없었을 텐데······."

또 침묵이 흘렀다.

나도 아까까지 약간은 '번들이만 없었더라면.' 하는 생각을 했었다. 그런데 그 말을 번들이 본인이 하니까 나 자신이 너무 싫어졌다. 거짓말하고 라이브 하우스에 나간 것도, 실수로 술을 마셔버린 것도 전부 난데 번들이 탓으로 돌리다니 비겁하다.

내가 아무 말도 하지 않았더니 번들이는 갑자기 큰 소리로 내뱉었다.

"너 근신이 무슨 뜻인지나 알고 있어? 외출 완전 금지라는 거 알지?"

"어, 그럼 신문 배달은 어떻게 해요?"

당황해서 물었더니 번들이는 잠깐 으음, 하고 고민했다.

"이른 아침이니까…… 뭐, 그 정도는 괜찮겠지. 우리 학교 사람에게는 절대 들키지 않도록 해. 최대한 빨리 학교로 돌아올 수 있도록 나도 가능한 한 힘써볼 테니까."

"네……."

이런 전화를 받아서 무척이나 기뻤지만 나는 고마운 마음을 표현할 수 없었다. 쑥스럽기도 했고 무엇보다 아직 토할 것 같았으니까.

다음 날, 학교 끝나고 겐따가 가정교사로 파견되어 왔다. 집에 들르지 않고 곧장 왔는지 반팔 와이셔츠의 교복 차림 그대로였다.

"빨리 노트 베끼고 돌려줘. 나도 여러 가지로 바쁜 사람이니까."

빨리 노트 베끼라고 한 주제에 자기는 내 의자에 앉아 버르장머리 없게도 책상 위에 두 발을 척 올려놓고 있다. 이 녀석의 예의범절에 대해서는 간섭하고 싶지 않지만 시커먼 양말 발바닥으로 남의 알람 시계를 쓰다듬는 건 싫다.

"내가 공부하기를 바라면 좀 비켜줘."

억지로 다리를 밀쳐 냈더니 놈은 얼마 전까지 드럼 세트를 놓아 두었던 방바닥으로 뒹굴 구르고는 드러누워버렸다.(드럼 세트는 아무래도 집에서는 마음껏 칠 수 없어서 2학년이 되면서 특별 허가를 받아 생물 비품실에 두었다. 번들이가 제대로 생물실에 붙어 있는 날에는 다른 밴드에게도 빌려주거나 한다.)

바쁘다는 놈이 느긋하게 바닥에서 뒹굴며 만화책을 읽고 있다. 엎드려 팔꿈치를 괴고 가끔씩 웃을 때면 두 발을 허공에 바동대는 꼬락서니가 영락없는 어린애다. 지금 읽고 있는 게 『영 매거진』이 아닌 『코믹 봉봉』이래도 전혀 위화감이 없다.

"어? 너 오늘 화요일이니까 생물실 쓰는 날 아냐?"

불현듯 생각이 나서 겐따를 돌아보며 물었더니 만화책 위로 얼굴을 들어 올리고는 엄청 매서운 눈으로 나를 노려보며 말했다.

"네가 없어서 모처럼 연습도 엉망이 됐잖아. 바보."

"아, 그랬구나."

내가 다시 노트 베끼는 데 집중하자 겐따는 만화를 읽으며, "진짜 완전 바보 아냐. 멍청한 놈 우이씨……."라고 별 감정이 담기지 않은 불평을 내뱉었다.

베낄 공책이 이제 한 권 남고, 해도 거의 기울었을 때(나는 글씨 쓰는 게 되게 느리다.) 아래층에서 엄마의 목소리가 들렸다.

"에이지, 친구가 왔는데 올려 보낼게."

통, 통, 통 가벼운 발걸음 소리가 올라온다.

"누구지?"

아직도 바닥에서 뒹굴고 있는 겐따를 돌아보며 물었더니 인상이 싹 바뀌어 보일 정도로 심술궂은 웃음을 띠며 말했다.

"이럴 때 걱정돼서 찾아올 사람은 타께우찌밖에……."

열린 장지문 밖에서 방 안을 들여다보는 얼굴을 보고 겐따는 큰 눈을 둥그렇게 뜨고 얼어붙어 버렸다. 상상도 못했던 K짱이었다.

"미안, 요꼬야마. 괜히 내 부탁 때문에 이렇게 되어버려서."

K짱은 겐따를 완전 무시하고 내 책상 바로 옆에 서서 말을 걸었다.

나와 겐따가 함께 있을 때면 나에게만 말을 걸었는데 오늘은 왠지 무시하는 척하면서도 나보다 겐따를 더 신경 쓰는 것 같았다.

"저, 할 이야기가 있어서 왔는데……. 오늘은 그만두는 게 낫겠다."

K짱이 그렇게 이야기하자마자 겐따가 100미터 달리기라도 출발할 기세로 벌떡 일어서서 책상까지 달려왔다.

"지금 베끼고 있는 거, 내일 받으러 올게. 나 방해되니까 돌아갈래."

책상 위에 던져둔 학생 가방을 난폭하게 움켜쥐고 겐따가 방을 나가려 하자 K짱이 앞을 막아섰다.

"미안, 지금 여기서 이야기할 테니까 겐따도 들어."

"왜. 나하고는 상관없잖아."

"상관없지 않아. 언젠가는 비트 키즈 모두에게 물어봐야 하니까. 지금 같이 들어!"

K짱은 보는 사람의 넋을 빼놓을 만큼 맑은 눈길로 겐따를 쏘아 보며 말했다. 물리적으로야 뿌리칠 수 있을 테지만 그 눈빛의 힘 앞에 겐따의 발은 얼어붙어 버린 것 같았다. 너무나 진지한 그 모습에 나와 겐따는 바닥에 정좌하고 앉아 K짱을 마주 보며 들을 자세를 갖추었다.

K짱은 잠깐 고개를 숙이고 머뭇거리더니 말을 꺼냈다.

"요꼬야마가 싸운드 리플렉션의 정식 멤버가 되어줬음 해. 켄조오 씨와 같이 토오꾜오로 가서 오디션을 받아달라고 부탁하러 왔어."

"에?"

나는 잠깐 정말로 K짱의 말이 무슨 뜻인지를 몰라 겐따의 얼굴을 바라보았다. 겐따도 처음에는 멍한 눈으로 내 얼굴을 보다가 금방 미간을 찌푸리며 K짱을 째려보았다.

"너, 자기가 무슨 소릴 하는지 알기나 해!?"

"알아. 무리한 부탁이라는 것 정도는 알아. 그렇지만……."

K짱은 입가를 팔자로 일그러뜨리고 겐따의 얼굴에서 눈길을 돌렸다. 울음을 참으려는 듯 천장을 올려다보았지만 금방이라도 눈물을 쏟을 것 같아 지켜보는 내가 안쓰러울 정도였다.

"무리인지 어떤지는 생각해보지 않으면 모르잖아. 그렇지?"

K짱의 이야기를 깊이 생각해보지도 않고 좀 위로해줄 양으로 한

말이 오히려 사태를 악화시키고 말았다.

겐따가 갑자기 나를 향해 엄청 화를 내고 만 것이다.

"에이지! 그럼 너도 한번 생각해보겠다는 거야!"

에? 생각해본다는 거, 그게 뭔데?

"우릴 버리고 얘네 오빠 밴드에 들어가는 게 무리가 아니라고? 생각해보지 않으면 모르겠다는 건, 생각해보면 그럴 가능성이 있다는 거야!?"

우우, 이건 침착하게 잘 생각해보지 않고 함부로 말할 문제가 아닌 것 같아. 대체 무슨 말인지 알 수가 있어야지.

오디션을 받으러 토오꾜오에 간다, 정식 멤버가 된다⋯⋯라는 것은 나더러 비트 키즈를 그만두고 싸운드 리플렉션에 들어오라는⋯⋯ 거야!?

"으웩! 그건 당연히 무리지!"

"놀라는 게 느려. 바보."

그러면서 겐따 자식이 내 뒤통수를 엄청 세게 때렸다. 진짜 아파!

"정말 무리인 줄은 알지만 그래도 요꼬야마에게 부탁할 수밖에 없는 형편이야. 요전 라이브, 사실 드럼 대타까지 세울 필요는 없었어. 그런데 그 라이브를 마지막으로 키리야마 씨가, 찻집 일에 전념하려고 밴드 활동을 그만두기로 해서 제대로 해보려고⋯⋯."

반쯤 울먹이는 목소리로 K짱이 이야기를 시작했다. 아무래도 길어질 것 같아 나도 겐따도 일단 집안싸움은 그만두고 들어보기로 했다.

"그저께 라이브, 내가 봐도 최고였고 오빠들도 좀처럼 맛볼 수 없을 만큼 만족스러웠대. 키리야마 씨도 마지막 무대가 최고의 라이브라서 더는 미련이 없다고 했어. 그래서 다들 이걸로 일단락을 짓고 드러머 사와끼 씨가 낫는 대로 재출발하자고……. 그런데 어제 갑자기 상황이 바뀌었어."

"갑자기 뭐가 어떻게 됐는데?"

아까는 무슨 소리냐고 짜증을 내던 겐따 놈이 몸을 앞으로 내밀며 묻고 있다.

"그저께 라이벌 밴드인 프로 재즈 뮤지션과 잘 아는 메이저 레코드 회사 관계자가 우리 연주를 보고 굉장히 마음에 들었다나 봐. 회사 사람들에게도 라이브로 들려주고 싶으니까 토오꾜오까지 오라고 켄조오 씨에게 연락을 했대."

"와, 엄청 좋은 일이네, 그거."

나도 모르게 감탄했더니 겐따 놈이 또 뒤통수를 쳤다.

"바보. 중요한 이야기니까 닥치고 들어."

자기도 끼어들었던 주제에. 하긴 빨리 다음 이야기를 듣고 싶은 건 나도 마찬가지지만.

"그 사람이 회사에 소개하면 데뷔는 거의 문제가 아니래. 켄조오 씨도 오빠도 엄청 기뻐했는데 그렇지만 한 가지 조건이 있었어. 그건…… 드럼은 꼭 그 '어린이 티셔츠'여야 한다는 것."

"……그게 나?"

내 코끝을 가리키며 물었더니 K짱은 조용히 나를 가리키며 고개를 끄덕였다.

레코드 회사 사람 눈에 든 것 자체는 조금 기쁘긴 한데 이름을 모른다고 해서 함부로 '어린이 티셔츠'라니, 좀 심하잖아. 아아, 지금 그런 거 신경 쓸 때가 아니지.

"그렇지만 나에게도 내 밴드가 있고 그쪽 드러머도 다친 게 나으면 돌아올 거잖아?"

"원래 오빠와 켄조오 씨는 프로를 지망하고 있었지만 사와끼 씨는 아마추어라도 상관없다고 생각하는 사람이라 복귀하자마자 오디션 받게 하는 건 오히려 안 좋을지도 몰라. 그리고 나는 기술적으로도 확실히 요꼬야마가 더 낫다고 생각해."

어느새 K짱의 눈에서 눈물이 사라졌다. 눈물 때문이 아니라 스스로의 의지로 빛나는 눈동자가 내 눈을 뚫어져라 지그시 바라보고 있었다.

"켄조오 씨는 말을 한들 사람만 곤란하게 만들 뿐이라면서 요꼬야마에게는 알리지 말고 이 이야기는 그냥 없던 걸로 하자고 했어. 그렇지만 나는 그건 정말 견딜 수가 없어서 내 멋대로 온 거야. 요꼬야마만 와준다면 오빠들은 프로가 될 수 있어. 요꼬야마도 평생 드럼을 칠 생각이라면 지금 있는 밴드보다 오빠들과 함께하는 편이 훨씬 유리할 테고. 그러니까…… 잘 생각해봐. 자기 미래를……."

"닥쳐! 멋대로 지껄이지 마!"

K짱의 이야기가 끝나지도 않았는데 겐따가 시뻘게진 얼굴로 소리 질렀다.

"너 진짜 이기적이다. 자기 오빠가 데뷔할 수만 있다면 다른 밴드 따위는 망가져도 된다는 거야? 이기주의자, 브라더 콤플렉스에 최악의 여자야. 너……."

겐따는 잠깐 입을 다물었다가 '젠장!' '열 받아.'를 연발하며 바닥에 놓인 희생 가빙을 몇 번이나 주먹으로 내실렀다. 그것은 성질을 못 이긴 폭력적인 행동이라기보다 자신의 마음을 어떻게 표현할 줄 몰라 땡깡을 부리는 어린애의 태도였다.

"어이, 뭐하는 거야. 그만해."

너무 같은 행동을 반복하기에 머리가 어떻게 된 건 아닌가 걱정돼서 팔을 잡았더니 겐따는 난폭하게 내 손을 뿌리치고 일어섰다. 그러더니 이번에는 나를 향해 소리쳤다.

"……가고 싶으면 마음대로 가! 네가 결정하는 거니까!"

꽤 길어서 끄트머리가 꼬인 머리카락을 마구 흔들며 겐따가 그런 말을 했을 때, 갑자기 반짝 빛나는 알갱이가 사방으로 튀어 나가는 듯한 느낌에 사로잡혔다. 그렇지만 그게 뭔지 내가 확인할 새도 없이 겐따는 방을 뛰쳐나가 버렸다.

'최악의 여자'라는 말에 새파랗게 질린 채 입술을 바르르 떨고 있던 K짱은 겐따가 나가 버리는 것을 보고 당황해서 뭐라고 외쳐대며 계단을 뛰어 내려갔지만, 나는 뒤를 쫓지 않고 그냥 멍하니 앉아 있었다. 겐따가 마지막으로 외친 말이 가슴에 박혀 윙윙 소리를 내며 울렸다.

가고 싶으면 마음대로 가……라고? 나, 비트 키즈보다 싸운드 리플렉션에 가고 싶다는 말 한 번도 한 적 없는데. 마음속으로 슬쩍 생각해본 적도 없는데. 겐따, 왜 그런 말을 해! 나를 안 믿는 거야? 그럼 우리 밴드의 드러머는 내가 아니라도 상관없다는 거야? 왜 '가고 싶으면 가.'라는 말 대신에 '에이지, 절대 가지 마.'라고 하지 않는 거야?

그런 생각을 하고 있자니 목 안쪽이 욱신거리며 눈물이 나올 것 같았다. 솔직히 말하면 좀 울었다.

그저께 그렇게 즐거운 기분으로 첫 라이브를 마치고 자택 근신 따위 받든 말든, 그럴 정도로 행복했는데 왜 내가 이런 어이없는 일을 당해야 하는 거야?

겐따에게 너무 화가 나서 다음에 만나면 두발차기를 먹여주고 싶었지만 그 녀석이 마지막에 말했던 딱 한마디는 정말 맞다는 생각이 든다.

여기 남아줘, 저쪽이 너를 위한 길이야……. 다른 사람들이 무슨 말을 하든 결국 마지막에 결정하는 것은 나다. 내가 결정하는 수밖에 없으니까 정신 차려야지.

근데 도대체 나 어떻게 해야 돼?

진짜 하늘색

"베끼지만 말고 제대로 외워둬. 시험까지 얼마 안 남았어."

거실의 코따쯔(전열 기구가 달린 탁자에 이불을 씌운 일본의 실내 난방장치—옮긴이)에서 노트를 베끼고 있는데 옆에서 미사끼에게 그림책을 읽어주던 노조미가 내 노트를 들여다보았다.

"외우면서 쓰고 있어."

"거짓말. 에이지가 그렇게 빨리 외울 리 없잖아."

웃, 정곡을 찔렀다. 요 며칠간 글씨 쓰는 것은 꽤 빨라졌지만 쓰는 속도만큼 빠르게 외우는 것은 나에게 아직 무리다.

"그런데 너 이렇게 매일 동아리 활동 쉬어도 돼?"

"이제 시험 직전이니까 동아리 활동은 안 해. 다른 사람 걱정 말고 공부나 열심히 해!"

남의 일에 끼어들기 좋아하는 완전 오오사까 아줌마 예비군이 되어버린 노조미는 괜히 내 머리에 꿀밤을 먹이더니 다시 미사끼와 놀기 시작했다.

겐따와 K짱이 온 다음 날부터는 노조미가 내 '낙제 방지 가정교사'로 파견 근무를 나왔다. 겐따에게 대신 부탁받았다고 했지만 무슨 사연인지 듣긴 했을까? 아니면 아무것도 모른 채 그냥 노트를 보여주러 온 것뿐일까.

근신의 원흉이었던 라이브 이야기는 했지만 더는 밴드에 대해 말하려 하지 않는다. 알면서 일부러 그 화제를 피하는 거라면 꽤 남을 배려할 줄 아는 거잖아.(하긴 그런 건 예전부터 알고 있었지만.) 공부에 대한 잔소리는 겐따보다 훨씬 시끄럽다.

"노트 베끼는 거 끝나면 오늘 과목의 요점 가르쳐줄 테니까 그것만이라도 외워둬."

다 읽은 그림책을 새것으로 바꿔 들며 노조미가 말하는데 현관의 벨이 딩동 울렸다. 부엌에서 일하던 할머니가 나가서는 뭐라고 이야기하는 소리가 들리다가 손님과 함께 집 안으로 들어오는 것 같았다. 서둘러 책상 위를 정리하려는데 어디서 들어본 적 있는 목소리가 날아들었다.

"딱히 정리 안 해도 돼. 젊은이."

"켄조오 씨……. 신지 씨도!?"

갑작스러운 두 사람의 방문도 놀라운 일인 데다 목적이 뭔지 알고 있는 터라 난 그만 공황 상태에 빠지고 말았다. K짱의 이야기를 듣고 나름 곰곰이 생각해봤지만……. 나는 역시 비트 키즈로 남아야 한다고 굳게 마음먹었는데 이렇게 갑자기 나타나면 겨우 내린 결심이 흔들릴지도 모르잖아.

그러나 그건 쓸데없는 걱정이었고 두 사람의 용건은 다른 것이었다.

"내타를 부탁한 낫으로 저멀받은 거 가속 분늘께 사과드리려고 왔지."

켄조오 씨와 신지 씨는 거실 구석에 정좌했다. 꿇어앉았는데도 무릎이 너덜너덜한 청바지 때문에 도무지 정중하다는 느낌이 들지 않았다.

엄마와 아빠 다 일하러 나가고 없다 보니(그리고 보니 지금은 평일 점심때이다.) 둘은 할머니와 그 옆에 앉아 있는 미사끼에게 머리를 조아리며 라이브 때문에 내가 학교에서 처분을 받은 것에 대해 정중한 말로 사과했다. 미사끼가 푹 고개를 숙인 켄조오 씨의 텁수룩한 머리를 '아이고 착하다.' 하며 쓰다듬으려 하는 바람에 폭소가 터져 나왔고, 그러면서 딱딱한 공기가 풀어졌다.

할머니가 미사끼를 데리고 자리를 피하자 두 사람은 그 일에 대해서 입을 열었다.

"지난번에 케이꼬가 말도 안 되는 이야기를 하러 온 모양인데 정말 미안하네. 놀라게 해서 정말 미안. 이제 그 문제는 신경 안 써도 되니까 잊도록 해."

"어? 그럼 오디션은?"

그렇게 물었더니 켄조오 씨는 싱긋 웃으며 고개를 끄덕였다.

"우리 드러머 놈이 다 나으면 오리지널 멤버의 음악을 들어달라고 레코드 회사 사람에게 부탁했지. 그랬더니 가을에 한번 토오꾜오에서 오디션을 받아보라고 하더라."

잘됐다, 그럼 안심이야. 역시 진짜 멤버끼리 하는 게 가장 좋고 후회도 없을 것이다. 원래 드러머라면 그 라이브보다 더 굉장한 연주를 할 수 있을지도 모르고.

"케이꼬 녀석도 후회하고 있으니까 그 녀석이 말한 일은 흘려버리고 학교에서도 사이좋게 지내도록 해."

"네."

물론 나도 그럴 생각이다.

그러나 K짱이 한 말은 흘려버려도 겐따가 보여주었던 그 태도, 깨끗이 잊어버릴 수 있을까. 좀 자신이 없다.

켄조오 씨와 신지 씨가 돌아간 뒤 공부를 가르쳐주던 노조미가 툭 내뱉었다.

"……키꾸찌네 오빠 멋있네."

"응, 그래."

"키꾸찌랑 많이 닮았어. 자니즈 주니어(일본 유명 연예 기획사 자니즈 사무소 소속의 미소년 연습생들—옮긴이) 같아."

자니즈 주니어? 노조미의 이상형은 매서운 눈매에 묘하게 어른스러운 성격을 가진 성질 더러운 놈(지금은 일본에 없는)인 줄 알았는데 자니즈 같은 순수 아이돌 타입도 좋아하는구나. 흠, 그렇다면(이라니, 너 지금 무슨 생각 하는 거야!).

"……놀랄지도 모르겠지만, 신지 씨 그래 봬도 스물다섯 살이야."

"아니야, 주니어 타입은 키꾸찌를 말한 거야. 그 애 생김새는 소년 같지만 하나하나 뜯어보면 꽤 귀엽잖아. 남자애들한테도 제법 인기 있대."

노조미의 이야기를 들으며 문제를 풀다가 틀리고 말았다. 지우개질을 잘못했는지 노트가 심하게 찢어져서 약간 짜증이 났다.

"그거 셀로판테이프로 붙여야지."

텔레비전 위에 셀로판테이프가 있었던 것 같아 홱 그쪽으로 고개를 돌리는데 마침 내 노트를 옆에서 들여다보던 노조미의 얼굴이 바로 코앞에 있어서 깜짝 놀랐다. 바로 노트 쪽으로 시선을 돌렸지만 심장이 두근거려 공부에 집중할 수 없었다. 귓불에 열이 올라 조금 창피하다.

"테이프 좀 가져다줘."

노조미가 그걸 가지고 오는 동안 분위기가 바뀌겠지 생각하며 돌아보았더니 아직도 지그시 바라보고 있어 나는 어쩔 줄을 몰랐다.

"키꾸찌…… 어떻게 생각해, 에이지."

"어떻게 생각하다니, 딱히 아무것도……."

"그치만 아까 오빠가 사이좋게 지내라고 했잖아."

노조미는 입가를 살짝 일그러뜨리고 삐친 표정으로 나를 쏘아보았다.

혹시 노조미, 질투하는 건가. 나만의 착각일지도 모르겠지만 만약 그렇다면 기분 좋다.

"그건, 같은 동아리니까 사이좋게 지내라는 뜻이겠지."

활짝 웃으며 대답했지만 노조미는 아직 뾰로통하다.

"미안……. 이런 생각 하는 나 자신이 싫지만 계속 나쁜 생각만 들어……. 에이지, 요즘 학교 끝나면 계속 그 애랑 같이 오빠들 스튜디오에 갔었잖아. 그 애 엄청 즐거워 보였어. 다른 애들과 같이 있을 때도 걔가 말을 거는 건 에이지뿐이었잖아? 나…… 분명 키꾸찌도 에이지 좋아하는 것 같아서, 혹시 그렇다면 난 상대가 안 된다는 생각이……."

노조미의 말이 뚝뚝 끊어지기 시작했다. 이거 큰일 났다고 생각했더니 아니나 다를까 나를 뚫어져라 바라보는 눈동자에서 눈물이 방울방울 떨어지는 게 아닌가. 우왓, 왜 단둘이 있을 때 이런 필살기를 휘두르는 거야!

심장이 두근거리는 정도는 벌써 지났다. 심장이 터져버릴 것 같다. 어떻게든 눈물을 그치게 하지 않으면 정말 곤란하다.

"바보냐, 나 같은 놈을 좋아해주는 여자애, 웬만해선 없어."

"……바보는 너야. 에이지 팬인 여자애들 얼마나 많은데. 자기만 모를 뿐이야. 처음 만났을 때를 생각하면 믿을 수 없지만, 지금 에이지 정말 멋있어……. 드럼 치고 있는 모습을 보면 누구라도 그렇게 생각할걸. 대부분의 여자애들이 멋있다고 할걸. 그렇지만 나는…… 그게 아니야. 다른 여자애들하고는 달라……. 멋있으니까 그런 게 아니야……. 바보에다 둔하고 실실거리고……. 그런 안 좋은 것까지 모두…… 에이지가, 에이지니까…… 좋아."

노조미는 그렇게 말하고 생긋 웃었다. 눈에 가득 찬 눈물이 엄청난 스피드로 웃는 얼굴 위를 미끄러져 떨어졌다. 그것은 거의 완벽한 확인 사살이었다.

정신을 차려보니 팔 안이 이상하게 포근했다. 폭신폭신한 머리카락에 뺨이 간지럽고 샴푸인지 달콤한 향기가 났다. 심장은 아직도 심하게 뛰고 있었지만 이젠 억지로 멈추게 하고 싶지 않았다.

노조미의 두근거림이 직접 가슴으로 전해온다. 내 심장의 고동과 노조미의 고동이 서로 다른 소리를 내며 하나의 새로운 리듬을 이루어 두 사람의 가슴에 울리고 있다. 점점 빨라지더니 로큰롤의 초고속 비트를 치고 있다. 노조미의 비트를 더욱 강하게 느끼고 싶어서 힘껏 꼬옥 껴안았다.

"오옷!?"

갑자기 큰 소리가 들렸다. 번개처럼 노조미를 떨쳐내고 목소리가 나는 쪽을 보았더니 오른발은 거실, 왼발은 부엌 바닥을 밟은 채 아빠가 얼어붙어 있었다. 눈을 둥그렇게 뜨고 입을 쩍 벌린 채로 그냥 굳어버렸다. 발은 굳어 있었지만 오른손을 천천히 들어 올려 우리를 가리키고는 다시 오우?

"……뭐, 뭐야, 아빠 되게 빨리 돌아왔네."

될 수 있는 대로 아무렇지 않은 척 말했더니 아빠는 눈과 눈썹이 녹아내리지는 않나 싶을 정도로 징그러운 웃음을 띠고 "오, 오." 하며 고개를 끄덕였다.

뭐야, 아까부터 계속 '오'만 연발하고, 정말 징그러.

"아, 죄송합니다……."

계속 고개를 숙이고 있던 노조미가 작은 목소리로 인사했더니 아빠는 오른손을 머리 옆으로 흔들며 "오!"라고 했다.

"아빠, '오'밖에 몰라!"

"오, 미안, 아니, 이거 너무 놀라서 '오'밖에 안 나오네."

내가 금방이라도 불꽃이 튈 것 같은 매서운 눈길로 노려보는데도 변함없이 실실 웃기만 한다. 거실로 들어오나 했더니 아빠는 부엌으로 도로 나가서 얼굴만 빼꼼 돌아보았다.

"못난 아들이지만 앞으로 잘 부탁드립니다."

썰렁한 대사를 엄숙하게 말하고는 터벅터벅 현관으로 나갔다. 못난 아들? 당신한테 그런 말 듣고 싶지 않아!

"무, 무슨 헛소리야. 영감탱이!"

나도 모르게 집어던진 책상 위의 노트가 부엌 벽에 맞고 맥없이 떨어졌다. 아빠는 오자마자 다시 나가버렸다. 일부러 자리를 비켜준 건지는 모르겠지만 어차피 슬롯머신이나 하러 갔을 테니 별로 고마워할 것도 없지 뭐.

하아, 한숨을 쉬고 노조미의 얼굴을 바라보았다. 눈앞의 노조미는 살짝 고개를 기울인 채 기쁜 듯이 웃었다.

"나, 에시끼네 아비지도 좋아."

"……그래?"

한껏 떨떠름한 표정을 지으며 고개를 갸웃하긴 했지만 노조미가 아빠를 좋아한다니 나도 조금은 기분이 좋았다.

번들이의 예언대로 기말시험 전날에 근신이 풀렸다.

모르고 술을 마셔버린 것뿐인데 아침에 교실로 들어섰더니 남자애들이 무턱대고 나를 영웅 취급하는 바람에 이상한 기분이 들었다. 평소에는 교실에서 무슨 말을 할 때마다 '완전 멍청이' 취급만 당하다 보니 이렇게 영웅 취급을 받으면 도무지 익숙하지가 않아 낯이 간지럽다. 아오끼 선생님에게 반항했다고 하지만 결과적으로는 간단한 거짓말을 했을 뿐이지 노골적으로 대든 것은 아니었다. 직접적인 근신 이유가 된 음주만이 참으로 부끄럽고 촌스러운 잘못이었을 따름이다.

노조미나 다른 여자아이들이 주스와 칵테일을 구별 못하는 멍청이라고 놀려대는 바람에 겨우 예전의 처지를 되찾을 수 있었다. 그렇지만 누구보다 헐뜯으며 욕을 퍼부을 줄 알았던 겐따가 도무지 말을 걸려 하지 않는다. 내가 말을 할라치면 갑자기 휙 일어서서 딴 짓을 하며 완전히 나를 무시해버렸다.

겐따, 도대체 왜 화내는 거야. 싸운드 리플렉션 건은 완전히 해결되었다는 말을 K짱에게 못 들어서 그런가. 잘 모르겠다.

내일부터 시험이니까 다른 일은 잊고 수업 시간에 선생님 말을 하나라도 놓칠세라 집중했다. ……전부 기억하느냐 하는 것은 그 다음 문제고.

넷째 시간 끝나는 종소리가 울리고 선생님이 앞문으로 나가자마자 겐따가 뒷문으로 교실을 빠져나가는 것을 보았다. 나는 번개처럼 일어나 바람처럼 달려 뒤를 따라붙었다. 잰걸음으로 복도 저편으로 사라지는 겐따의 뒷모습이 교실 바깥으로 밀려 나오는 학생들에게 가려지기도 했지만 녀석은 나의 요란한 발소리를 눈치채고는 멈춰 서서 돌아보았다. 입 모양이 으웩! 일그러지는가 싶더니 겐따는 갑자기 뿅 튀어 올랐다가 전속력으로 도망치기 시작했다.

그냥 무의식적으로 따라간 건데 이렇게 노골적으로 도망가다니 이건 오기로라도 잡아야 해!

내 쪽이 보폭이 큰 만큼 조금씩 거리가 좁혀졌지만 계단을 오르는 지점에 이르고부터는 몸이 가벼운 겐따가 유리했다. 더는 따라

잡을 수 없다며 거의 포기하고 느긋하게 오르는데 위쪽에서 "에이 씨!" 하는 소리가 들렸다. 그렇지! 여기는 4층, 옥상으로 나가는 문이 잠겨 있다면 녀석은 독 안에 든 쥐다.

예상대로 겐따는 문에 기댄 채 나를 노려보고 있었다.

"너, 왜 이렇게 필사적으로 쫓아오냐!"

"네가 나를 무시하니까 그렇지."

"그런 적 없어."

"안 그러기는. 아침부터 계속 무시하더니 아까는 내 얼굴 보고도 도망갔잖아."

"아니야. 화장실 가려고 했을 뿐인데 네가 무서운 얼굴로 달려오니까 나도 모르게 도망친 거지. 딱히 도망칠 생각 없었는데 여기까지……."

야단스럽게 머리를 쥐어뜯으며 겐따가 옥상 문에 기대는데 뭔가가 뚝, 부러지는 듯한 불길한 소리가 들렸다. 겐따의 몸이 옆으로 덜컹 기울었다. 녀석은 뚱한 얼굴로 머뭇머뭇 뒤를 돌아보더니 "이거 뭐야!" 하고 소리치며 얼굴을 찡그렸다. 그냥 오른쪽 팔꿈치로 기댔을 뿐인데 문손잡이가 왜 이렇게 돼버린 거야? 신기할 만큼 멋지게 휘어져버렸다. 아니 휘어진 게 아니라 문 본체에서 툭 떨어져 버렸다.

잠깐 둘이서 어떻게든 끼워 넣어보려고 애썼지만 잘 되지 않았다. 나도 겐따도 기계나 구조물에는 약한 타입이니까 사또시와 시게에게 도움을 청하기로 했다. 사또시는 예전에 자기만의 기타를 만들고 싶다고 했으니 문손잡이 정도는 간단히 고칠 수 있을 거다.

사또시는 관리 기사에게 드라이버 세트를 빌려 왔다. 나는 드라이버가 필요하다는 것조차 몰랐는데, "역시 사또시는 머리가 좋아."라고 내가 감탄하자, "이 정도도 생각 못 해내는 사람이 어디 있어?"라며 바보 취급을 했다.

반쯤 풀어진 나사들을 하나하나 빼낸 다음 다시 제자리에 똑바로 끼워 넣었다.

"나사가 모자라서 한 칸씩 건너뛰어 조여놓았어. 너무 난폭하게 다루면 또 망가질 테니까 조심해."

작업을 끝내고 돌아보는 사또시에게 큰 박수를 보냈다. 그랬더니 늘 차분한 표정의 사또시 얼굴이 벌겋게 달아올랐다.

"나사 정도 끼워 넣은 게 뭐가 어려워? 칭찬을 하려면 잠긴 자물쇠 연 거나 칭찬해."

그렇게 말하며 복구한 손잡이를 안쪽으로 당겼더니 문이 슥 열리면서 눈앞에 파란 하늘이 펼쳐졌다.

"뭐야? 자물쇠는 언제 열었어?"

감탄하며 시계가 옥상으로 나가고 우리 셋도 따라서 밖으로 나간 다음 다른 학생들이 눈치채지 못하도록 살짝 문을 닫았다. 정말 언제 연 거야? 이런 재주라면 언제든 도둑으로 변신할 수 있겠어. 사또시의 이런 기술이 기타를 빠르게 치는 것과 무슨 관계라도 있는 걸까.(없지, 당연히.)

아직 장마가 끝난다는 예보는 없었지만 오늘은 진짜 좋은 날씨다. 아무도 없는 옥상에서 팔다리를 마음껏 펼치고 뒹굴며 올려다보는 하늘이 무척이나 아름다워서 눈 속까지 파래지는 것 같다.

"진짜 하늘색……."

옆에서 뒹굴고 있던 겐따가 불쑥 말했다.

"뭐야 그게?"

내가 막 하려던 질문을 옆에서 똑같이 뒹굴고 있던 시게가 했다. 겐따는 누워서 하늘을 올려다본 채 대답했다.

"어릴 때 읽던 책 제목. 칠하면 '진짜 하늘색'이 나타나는 물감이 있다는 이야기였던 것 같은데, 어떻게 그 물감을 만들었더라? 어쨌든 '진짜 하늘색'이란 이런 느낌이 아닌가 해서."

그 말을 듣고 다시 한 번 하늘을 올려다보니 정말 이거야말로 진짜 하늘색이라는 느낌을 주는 푸르고 투명한 하늘이 가득 펼쳐져 있었다. 드러누운 채 몸에 힘을 빼고 지그시 하늘을 보니 새파란 하늘 한가운데에 내가 떠 있는 것 같다. 걱정도 생각하기 싫은 일도 모두 하늘이 가져가 버리는 것 같은 느낌이 든다.

"……에이지, 정말 우리 밴드에 있어도 괜찮겠어?"

누운 채 갑자기 심각한 목소리로 겐따가 말했다. 놈은 내 쪽으로 시선을 돌리지도 않고 계속 하늘을 올려다보며 입을 꾹 다물고 있다.

"무슨 소린지 모르겠는데."

나도 하늘만 올려다보는 자세로 대답했더니 겐따가 상반신을 일으키고 나를 내려다보았다.

"내 생각에는 그쪽에서 하는 편이 네 미래를 위해 좋은 것 같아서……. 우리에게 미안해서 거절한 거라면 지금이라도……."

나도 모르게 펄쩍 일어났다.

"야, 너, 그거 진심이야!? 나는 미래 같은 거 아직 몰라. 문제는 어떤 음악을 누구랑 하고 싶은가, 그거뿐이잖아? 게다가 켄조오 씨도 예전 멤버랑 같이 오디션 갈 거라고 했다고. 이제 와서 헷갈리는 말 하지 말아줘."

"그치만…… 그 라이브 때, 에이지 이제껏 중에 제일 잘했었고 정말 그 밴드에 녹아들어서 우리랑 할 때보다 빛나 보였어. 솔직히 말해서 충격 받았어. 네가 가장 초보라고 항상 놀렸었는데 우리야말로 에이지의 앞을 가로막는 게 아닌가 해서."

겐따만이 아니라 시게도 타께시도 침울한 얼굴로 고개를 끄덕이고 있다. 나는 점점 가슴이 아릿해져오고 불안해지기 시작했다. 혹시 세 명 다 이제 비트 키즈에는 내가 필요 없다고 생각하는 게 아닐까. 내가 켄조오 씨와 너무 호흡이 잘 맞는 바람에 기분이 상했나.

"그야 다른 멤버가 모두 어른이고 잘하는 사람들뿐이니까 따라서 잘하는 것처럼 보이는 것도 당연하지. 이 주일 동안 켄조오 씨에게 철저히 배웠으니까 전보다 잘하는 건 당연해. 실력이 늘어서 돌아왔으니까 좀 기뻐해주고 환영해주면 안 돼?"

마지막에는 반쯤 울먹이며 말했더니 겐따는 얼굴을 마구 구기면서 웃었다. 시계와 사또시도 똑같이 웃으며 고개를 끄덕였다.

"나, 비트 키즈에 돌아와도 되지?"

콧물을 줄줄 흘리며 그렇게 물었더니 리더인 시계가 대답했다.

"에이지의 비트가 없으면 비트 키즈가 아니지."

생긋 웃는 시계의 손이 내 어깨를 툭 치자마자 눈에서 눈물이 왈칵 쏟아져 민망했다. 요즘에는 이런 일이 거의 없었는데. 고등학생이 되고 나서 울보에서도 졸업한 줄 알았는데 역시 이건 체질이라 어쩔 수 없는 모양이다.

모처럼 본 진짜 하늘색이 눈물 때문에 흐려져버렸지만 반짝반짝 흔들리는 하늘에 '진짜 친구들'의 웃음이 어렴풋이 떠올라 정말 최고로 아름다운 풍경이었다.

그 계단을 올라!

여름방학이 시작되긴 했는데…… 나는 낙제 과목의 보충수업이 있어서 거의 매일 학교에 가야 했다. 아오끼 선생님은 나를 볼 때마다 '넌 낙제야.' 하고 협박하지만 번들이는 아직 1학기니까 희망은 있다고 말한다. 어쨌든 보충수업을 열심히 하지 않으면 2학기 수업을 받을 수 없으니 더워도 매일 가야 한다.

우리 밴드에서 나 빼고 다른 세 명은 보충수업 같은 거 받지 않는다. 무더위와 보충수업에 지쳐 비틀비틀 현관을 나오는데 교문 쪽에 사복을 입은 세 명이 나를 기다리고 있었다. 오늘은 겐따네 집에서 그 녀석이 만든 창작곡을 듣기로 했다. 그리고 나는 겐따의 집에 볼일도 있다.

"어이, 수고했어. 조금 똑똑해졌나?"

더워 죽겠는데 그런 꼰대 같은 말투 좀 쓰지 말아줘.

"이삼 일 만에 좋아질 머리라면 이런 고생 하겠냐. 야, 빨리 가자. 더워서 뇌가 녹아버릴 것 같아."

맥 빠진 목소리로 말하자 시게는 학부모처럼 상냥한 웃음을 지으며 말했다.

"열심히 노력했으니 내가 오꼬노미야끼(밀가루에 고기, 야채 등을 넣고 시신 한국의 선와 비슷한 일본 요리─옮긴이) 쏠게. 오늘은 우리 집으로 와."

"정말? 아싸!"

시게네 집은 오꼬노미야끼 가게를 하는데 꽤 평판이 좋다. 가끔 학교 끝나고 돌아가는 길에 모두 들러서 얻어먹는 일도 있지만 시게가 제 입으로 쏜다고 하는 일은 드물다.

학교 쪽에서 볼 때 T시로 이어지는 큰길가에 '오꼬노미야끼 가게'라는 단순 명쾌한 간판을 내건 식당이 있다. 새로 지은 빌딩이 늘어선 길에 그 하나만 떡하니 낡은 기와지붕이 남아 있다.

물론 자동문 같은 건 없어서 손으로 열어야 한다. 온 힘을 실어 문을 열면 문홈이 낡아서인지 달달달, 아니 털털털, 무거운 소리가 울린다.

"어서 오…… 뭐야, 너희냐."

긴 철판을 이어놓은 카운터 안에 시게의 얼굴에 턱수염만 붙여
놓은 듯 똑같이 생긴 시게네 아버지가 서 있었다. 나이가 비슷해 보
이는 건 시게가 늙어 보여서인지 아저씨가 젊어 보여서인지……

"점심시간인데도 되게 텅텅 비었네. 이렇게 장사 안 되는 가게에
서 얻어먹어도 되나."

가게에 들어서자마자 겐따가 말했다. 이제 얻어먹으려는 사람의
대사치고는 참으로 어이없는 말버릇이었지만 아저씨는 화내지 않
고 농담으로 받아쳤다.

"호오, 그렇게 걱정되면 그동안 공짜로 먹은 것까지 다 토해내면
되지."

농담이란 걸 알고 다들 조용히 웃고 있는데 겐따가 또 쓸데없는
소릴 했다.

"그럼요. 지금까지 먹은 거 출세하면 다 갚을게요. 제가 '전 우주
적인 전설의 로커'가 되면 백배로 갚아드릴게요."

'전 우주적'이라니, 대체 지구 말고 어떤 별에서 노래할 생각이
냐. 이 녀석이 하는 말은 가끔씩 너무 생뚱맞다.

"일단, 돼지고기 곱빼기!"

카운터석 맨 안쪽에 앉아서 겐따가 싱글벙글하며 외쳤다.

"자식, 얻어먹는 주제에 곱빼기를 주문하다니 염치도 없냐!"

벌써 카운터 안에 들어가 아저씨와 쌍둥이처럼 서서 일을 시작
한 시게가 오꼬노미야끼를 뒤집는 주걱으로 겐따의 머리를 때리는

시늉을 했다.

아저씨 덕에 각자 돼지고기와 오징어 곱빼기를 먹었다. 에어컨도 틀지 않은 가게에서 뜨거운 오꼬노미야끼를 먹느라 땀투성이가 되었지만 보충수업 때 흘리는 식은땀보다 기분은 백배나 상쾌했다.

우리가 다 먹은 다음에도 손님이 많지 않아서 가게는 아저씨에게 맡기고 시게의 방에서 밴드 회의를 시작했다. 이제 닷새면 보충수업이 끝나서 학교에서 연습할 수 있게 되고, 앞으로 일수일이면 시민학습센터의 음악실도 빌릴 수 있게 되니 겐따가 새로 완성한 신곡을 들어보라고 하는 바람에 급히 모이게 되었다.

방에 들어서자마자 시게는 책상 위에 있던 무슨 종이를 펼쳐 모두에게 보여주었다.

"오늘 아침 경사스럽게도 록 파이트의 테이프 심사 합격 통지가 왔어. 하긴 당연히 통과할 거라고는 생각했지만 어쨌든 만세!"

시게가 통지서를 팔랑거리며 자랑하자 우리는 동시에 만세를 외쳤다.

테이프 심사를 통과했으니 지역 대회에서 마침내 레젠디아와 진검 승부를 펼치게 된 셈이다. 아, 물론 놈들이 테이프 심사에서 떨어졌으면 이 승부는 성립되지 않겠지만. 어떨까, 그놈들은.

테이프 심사 합격의 흥분이 채 가시지도 않았는데 우리 밴드의 씽어쏭라이터인 겐따가 새로 만든 곡을 들려주기로 했다. 별로 사용하지 않은 듯한 시게의 (현이 더러운) 어쿠스틱 기타를 정성 들여 조율하더니 의자를 우리 쪽으로 돌려놓고 거기에 앉아 노래하기 시작했다. 우리 셋은 마침 알맞게 깔려 있는 시게의 이불 위에 나란히 앉았다.

그 곡은 멜로디가 아주 단순한 팝송이었다. 기타는 코드뿐이었고 드럼과 베이스가 깔리지 않아서 단조롭지 않나 하는 느낌을 받았는데 사실이 그랬다. 곡 자체가 전체적으로 간단했다.

평소 오래된 브리티시하드록이나 프로그레씨브록을 즐겨 듣고, 영어 가사를 넣은 참신한 코드들이 겐따가 만드는 곡의 특징인데 이건 정말 갑작스러운 변신이다. 물론 가사는 전부 일본어. 영어로 지구의 미래를 한탄하거나 하는 평소의 곡과는 너무도 달리 자신의 미래와 꿈과 고뇌를 드러내는 가사였다.

노래가 끝났을 때 우리 셋은 뭐라고 해야 할지 몰랐다. 이것이 야단스럽게 모두를 불러 모아 들려줄 만한 명곡인가? 본인은 자신만만한 얼굴로 웃고 있는 걸 보니 분명 대단한 곡이라고 생각하는 모양인데, 얼마 전에 연습했던 영어 노래가 훨씬 멋있어 보인다.

시게와 사또시도 똑같은 생각인지 난처하다는 표정으로 마주 보고 있다.

"겐따, 그게 자신 있다던 신곡이야?"

시게가 말했다. 그 말투와 표정으로 불만스러워한다는 것을 알아채고 겐따는 미간에 주름을 그리며 우리를 노려보았다.

"불만 있으면 솔직히 말해."

그렇게 잡아먹을 듯이 말하는데 어떻게 솔직히 말할 수 있겠어. 나는 물러서는 타입이지만 무작정 대드는 타입도 있다.

"솔직히 말해서 그 곡, 나는 하기 싫어. 예전 곡이 훨씬 좋아."

사또시가 너무 솔직히 말해버렸다. 와아, 또 유혈극이 벌어질 것 같다고(이 둘은 지금까지 몇 번이나 부딪쳤다.) 생각하며 나와 시게는 긴장했지만, 겐따는 의외로 담담하게 말했다.

"뭐가 마음에 안 드냐는 건지 구체적으로 확실히 말해봐."

"지금까지는 애를 써서, 연주를 잘하고 못하고를 떠나 어떤 프로나 외국 밴드에도 지지 않을 만큼 센스 있는 곡을 써왔는데 왜 갑자기 어린애 같은 곡을 만드는 거야. 아이돌 밴드에게나 어울릴 이런 곡, 난 하기 싫어."

사또시가 그렇게 말하자 시게가 '나도.' 하며 손을 올렸다. 나 역시 조심스럽게 고개를 끄덕였다.

겐따는 풀이 죽은 표정으로 할 수 없다는 듯 고개를 젓고 한숨을 내쉬더니 조용히 말했다.

"어린애 같은 게 뭐가 나빠. 우리 아직 어린애잖아. 정신연령은 그렇다 쳐도 사람들이 보기엔 아직 어린애야. 어린애 취급받는 건 열 받지만 콘테스트에서는 오히려 그걸 이용하는 게 좋지 않을까. 어린애 같은 겉모습에 아주 알기 쉬운 가사로 단순한 멜로디의 노래를 부르면서 연주도 꽤 잘한다, 이런 게 단 한판으로 승부를 보는 콘테스트에서는 먹힐지도 모르잖아……. 어이, 멜로디랑 코드 악보 다 힘들게 써 왔는데 우리 같이 멋지게 편곡해보잔 말이야!"

시게는 팔짱을 끼고 끙끙 잠깐 생각하더니 "좋아."라며 손뼉을 쳤다.

"일단 얼마나 멋지게 할 수 있는지 편곡해볼까. 연주를 해도 역시 어린애 같은 느낌밖에 안 나오면 그땐 끝이다."

리더가 결단을 내리자 사또시도 떨떠름한 표정으로 따랐고 나야 물론 시게에게 반항할 생각은 없어서 각자 악보를 가져가 자기 파트를 어떻게 연주할지 생각해 오기로 했다.

지금까지는 거의 겐따가 지시하는 패턴에 맞추어 드럼을 쳤지만 이번에는 아까 들은 멜로디와 가사에 맞춰 나름대로 생각해보기로 했다. 과연 이걸로 제대로 된 곡이 나올까. 멋진 곡이 나오리라는 기대는 안 갖는 게 좋을 것 같은데 말이지.

회의도 끝난 것 같아서 사실은 겐따에게 부탁하려던 것을 시게에게 부탁하기로 했다.

"시게네 집, 비디오 있어?"

시게는 묘한 웃음을 띠고 대답했다.

"야한 비디오 말이야?"

"아니야, 그게 아니라니까! 비디오 보는 기계가 있냐고. 우리 집엔 없어서 친구가 보내준 비디오테이프를 못 보고 있거든."

"그거라면 아랫방에 있으니까 보면 되지 뭐. 우리도 볼 수 있지?"

시게의 말에 고개를 끄덕이는데 겐따가 또 끼어들었다.

"뭐? 야한 비디오 보여준다고?"

"아니라니까 그러네!"

말도 안 되는 소리를 하고 있어. 나나오가 나오는 포르노라면, 진짜 징그러울 거야.

숨길 것도 없다. 이 비디오에는 나나오의 뉴욕 라이브가 녹화되어 있다고 했다.

에이지. 잘 지내지?

최근에 지역 음악 전문 방송국의 라이브 중계 프로그램에 우리 밴드가 나갔어.

딱 한 곡뿐이었지만 반응이 꽤 좋았는지 조만간 또 불러줄 예정이래. 다음번에는 곡 수를 더 늘릴 거라고 했지만 일단 지난번 비디오를 보낼게.

에이지 집에 비디오 없는 건 알지만 다른 애들 집에는 있을 테니, 친구 집에서 보도록 해.

감상은 필요 없어. 너희 밴드도 비디오가 있으면 보내줘.

없으면 억지로 보내라고는 안 할게.

그럼, 안녕. ·

뉴욕에서 나나오가

글 쓴 놈 얼굴이 그대로 찍혀 있는 듯한 무뚝뚝한 문장이다. 아무리 음악 전문 방송이라고 하지만 미국의 텔레비전에 출연하다니, 나나오는 더욱더 다른 세상 사람이 되어가는 것 같다.

비디오 데크의 주인인 시게가 테이프를 넣고 리모컨 버튼을 눌렀다.

검은 화면에 지지직거리며 몇 줄 선이 비치더니 팟 소리와 함께 네 명의 남자가 나타났다. 네 명 다 구깃구깃하고 후줄근한 티셔츠 차림인데 그야말로 궁상에다 표정도 험상궂다. 어깨가 떡 벌어진 흑인과, 흥분했는지 볼이 시뻘겋고 키는 멀대 같은 백인과, 얼굴은 아시아계인데 레슬링 선수처럼 체격이 좋은 놈과, 찰랑찰랑한 금발을 어깨까지 늘어뜨리고 동그란 선글라스를 낀 날씬하면서 훤칠한 놈……. 나나오는 어디 간 거야? 녀석이 테이프를 잘못 보냈나?

그러나 금발 녀석이 선글라스를 벗는 순간 나는 놀라서 펄쩍 뛰었다.

"나, 나, 나나오잖아!"

나나오의 키는 20센티는 더 자란 것 같았다. 머리야 염색하면 어떤 색으로든 바꿀 수 있지만 이렇게 갑자기 키 큰 모습이라니, 이건 정말 놀랄 일이다. 그 녀석 만나면 올려다봐야 하는 거 아냐?

게다가 프로그램 사회자의 질문에 영어로 척척 대답하고 있다.

미국에서 방영된 방송이라 자막이 없어 뜻은 모르겠지만 자신감 넘치는 말투가 나이에 어울리지 않게 침착하고 여유 있어 보였다. 가끔씩 선보였던 그 한쪽 볼을 일그러뜨리는 웃음도 예전에는 토라진 어린애 분위기를 띠었는데 이제는 아주 근사하고 어른스러워 보인다. 이게 만약 일본 텔레비전에서 방송되면 여자애들이 꺅 비명을 지르며 호들갑을 떨 게 분명하다. 정말 멋있다.

"……이 자식, 진짜 우리랑 같은 나이야?"

겐따가 입을 쩍 벌린 채 중얼거렸다.

잠깐 인터뷰를 한 뒤 장면은 라이브 하우스의 무대로 바뀌었다.

드럼과 베이스와 키보드 그리고 너무나 재즈스러운 색소폰 연주자 이렇게 네 명이 좁은 무대에 서 있다. 곡 소개도 없이 볼이 불그레한 색소폰을 부는 남자와 나나오가 호흡을 맞추는가 싶더니 갑자기 연주가 시작되었다.

비음 섞인 색소폰과 키보드가 나지막이 자동차 경적처럼 멜로디를 연주한다. 세심하고 정밀한 나나오의 하이햇 리듬을 타고 흑인 베이스가 굉장히 빠른 프레이즈를 친다.

"으엑, 엄청 대단한 베이스!"

시게가 이불 위에서 구르며 말했다.

"웨더 리포트(Weather Report, 1971년 결성된 미국의 퓨전 재즈 밴드 ― 옮긴이)의 「십 대의 거리」(Teen Town)라는 곡이야. 베이스는 천재 자코 패스토리우스니까 그걸 카피할 수 있는 놈도 보통은 아니지."

사또시가 곡 설명을 해주었다. 이놈은 음악이라면 어떤 장르라도 다 아나 보다. 나는 자코라면 옛날 서부영화에 나오는 어떤 악당 이름이 아닐까 하는 정도밖에 생각하지 못하는데 말이다.

꿈틀거리는 베이스 소리와 뒤얽혀 나나오의 소리가 화면 저편의 공기를 뒤흔들며 금속적인 냄새로 바뀌어간다.

눈앞에 있는 화면이 팟 사라지더니 나는 SF영화에나 나올 법한 다 쓰러져가는 빌딩 안에 서 있었다.

철판이 깔린 바닥은 비스듬히 기울어져 있고 잿빛으로 뿌옇게 흐린 방 안에 새까만 나선계단이 있다. 그것만이 공중에 떠오른 듯한 신기한 계단이었다.

……어쩌다 발을 잘못 디디면 바닥없는 깊은 암흑 속으로 영원히 빨려 들어가 버린다.

어느새 나는 죽을힘을 다해 계단을 올라가며 생각하고 있었다.

공기를 정확하게 가르는 나나오의 하이햇 리듬이 내 눈앞을 가로질러 계단 위까지 피어오른 회색 연기 속으로 사라져간다.

나는 구르는 듯한 베이스 소리가 등을 떠미는 대로 나선계단을 한 발 한 발 올라간다. 눈앞 시야의 오른쪽 아래에 빨간 경고등이 깜빡이고 있다. 그 옆에는 하얀 액정에 숫자가 어지럽게 변화하고 있다. ……이거 눈꺼풀 안쪽에 비치고 있는 영상일까 아니면 계기판이 붙은 고글이라도 쓰고 있는 걸까. 빙글빙글 움직이는 숫자에 머리가 지끈거린다.

드럼 소리는 공기를 타고 오지 않고 머릿속에서 바로 울리고 있다. 점점 커지는 하이햇 소리를 향해 나는 무작정 위로 오른다. 쫓고 또 쫓아도 손이 닿지 않는데 그래도 계속 뒤따라간다.

공기가 너무 끈끈해서인지 숨쉬기가 힘들어서 나는 발치의 검은 계단에서 시선을 들어 올린다.

문득 정신을 차려보니 나는 식은땀을 흘리고 어깨로 숨을 쉬며 멍하니 허공을 바라보고 있었다. 텔레비전 화면 안에서는 연주를 끝낸 나나오와 그 멤버들이 관객들의 박수를 받고 있었다.

"에이지, 왜 그래? 속이 안 좋아?"

겐따의 물음에 나는 심호흡을 하며 고개를 좌우로 흔들었다. 아까의 그 환영 속에서 느낀 숨 막힘이 너무 생생해서 시게네 집 거실에 앉아 비디오를 보던 중이라는 것을 깨달은 다음에도 숨을 제대로 쉴 수 없었다. 산소 결핍 때문에 머리가 멍해서 지금은 아무것도 생각할 수 없어……. 생각하고 싶지도 않아.

또 팟 하는 소리와 함께 화면이 보라색으로 바뀌었지만 아무도 비디오를 끄려 하지 않고 그냥 얼떨떨하게 있었다. 맨 먼저 정신을 차린 시게가 리모컨으로 텔레비전의 스위치를 끄자 무슨 주술에서 벗어난 사람처럼 다들 길게 숨을 내뱉었다.

"화면만 보고서는 뭐라고 할 수 없지만 이거 정말 차원이 달라. 그 드러머, 천재야 천재."

사또시가 그렇게 말하자 겐따도 시게도 고개를 끄덕였다.

물론 나도 나나오가 천재라는 데는 동감이지만 지금은 정말 대단하다고 솔직하게 감탄하는 것과 다른 어떤 일그러진 감정이 뒤섞여 있는 것 같았다.

"나나오 정말 대단해. 멋있어. 천재야. 절대로 나나오를 따라잡을 수 없을 것 같아."

진심으로 그렇게 생각하고 웃으며 박수만 치는 내가 되고 싶지는 않았다. 나는 지금 분명히 나나오를 질투하고 있다. 천재적인 리듬감과 그것을 마음껏 발휘할 수 있게 해주는 가정환경, 그리고 재능을 돋보이게 하는 단정한 외모. 나나오가 가진 모든 것에 대해 나는 처음으로 명확한 질투를 느끼고 있다.

"나나오가 부러워. 나나오처럼 되고 싶어."

……나나오처럼? 그건 아니잖아? 행여 내 안에 나나오와 같은 재능이 숨어 있다고 해도 나나오 흉내를 내서는 아무 의미가 없다. 나나오는 나나오, 나는 나. 똑같은 드러머가 둘씩이나 있어서 뭘 해.

나나오와는 다른 소리로, 다른 느낌의 비트로 다른 세계를 표현하면서 나는 나만의 길을 가야 한다. 녀석과는 다른 계단을 오르면서 그놈의 모습을 늘 대각선 위로 느끼고 바라보며 따라 오르다가 언젠가 다른 공간의 같은 높이에 서고 싶을 따름이다.

"나 연습해야겠다!!"

어리둥절해하는 셋을 남기고 더 참을 수 없어 시게의 집을 뛰쳐나왔다. 우리 집에는 연습대밖에 없지만 그래도 상관없다. 아니, 집으로 뛰어가는 동안에도 발걸음에 맞춰 "음타, 음타, 음타, 음타……." 애프터 비트를 읊조리며 새로운 계단을 오를 준비를 시작했다.

파란의 록 파이트

9월 말의 일요일. 오오사까 시내의 대형 라이브 하우스에서 록 파이트 칸사이 지역 대회가 열렸다. 그러고 보니 나, 또 무단으로 라이브 하우스에 출연해버렸다. 그렇지만 이번에는 아무한테도 말하지 않았으니까 아마 들킬 일은 없겠지.

오전 중에 간난히 화음을 맞추는 가벼운 리허설을 했다. 좌석 오른쪽 구석에 출연 순서대로 늘어선 밴드들을 둘러보았다. 꽤 나이 먹은 사람도 있고, 하드록을 표방하는 전투복에 가까운 패션에서 비주얼계까지 각종 장르가 뒤섞어 있어 보기만 해도 즐거웠다. 척 보아도 우리 밴드가 가장 어린 것 같았다.

우리 순서는 맨 끝에서 세 번째. 앞서 출연할 밴드들을 훑어보니 아니나 다를까 그 레젠디아도 기다리고 있었다.

"있네, 레젠디아."

시계도 놈들을 발견한 듯하다.

"자기들이 승부를 걸어놓고 예선에서 떨어지면 꼴사나울 거야."

겐따가 웃으며 말했다. 분명 아메리카 마을에서 들었을 때는 특별히 잘한다는 느낌도 없었는데 겉보기와 달리 데모 테이프만으로 잘도 심사에 통과한 것 같다.

레젠디아를 민민하게 보고 있있는데 징짝 리허설을 듣고 보니 조금 생각을 바꾸지 않을 수 없었다. 보컬의 새된 목소리와 어느 나라 말인지 알 수 없게 웅얼대는 가사는 여전했지만 뒤편에서 들려오는 저음의 리듬이 엄청 대단하다. 박력 있게 울리는 저음의 베이스가 그때도 괜찮게 들렸던 드럼의 중후한 비트와 멋지게 어울린다. 비주얼계다운 '천사'의 겉모습과 정반대로 무시무시한 '악마'의 이미지를 떠오르게 하는 음악이 묘하게 조화를 이루어 꽤 인상적인 무대였다.

중간에 그치기는 했지만 놈들의 연주를 다 듣고 난 순간 우리 넷의 얼굴에는 여유로운 미소가 사라져버렸다. 이거 있는 힘을 다 쏟아붓지 않으면 쉽게 이길 수 없을지도 몰라.

그리고 우리의 리허설은…… 뭐 그럭저럭 잘한 것 같다. 새 노래가 어떻게 편곡되었는지, 그건 아직 비밀.

일단 점심 휴식 시간을 갖고 연주가 시작되는 오후 3시 전에 다시 집합하란다.

우메다의 지하 맥도날드에서 점심을 먹고 주변 가게들을 구경하며 회장으로 향하는데 라이브 하우스 앞에 K짱이 서 있었다.

나뿐만 아니라 겐따도 사또시도 뻣뻣한 표정으로 그 앞에 멈추어 섰다.

"어이, 응원하러 와준 거야?"

시게만 붙임성 있게 K짱에게 말을 걸었지만 K짱은 시게를 완전 무시하고 내 쪽으로 걸어왔다. 벌써 눈물이 그렁그렁한 눈으로 나를 노려보듯 쳐다보며 다가오는 게 아닌가. 뭐야? 대체 뭐야, 이 분위기는.

부딪치는 게 아닌가 할 만큼 코앞까지 다가와서 왜 지금 여기서 그런 얘길 하는지 도저히 이해할 수 없는 말을 뱉어냈다.

"요꼬야마, 오빠들을 도와줘……. 싸운드 리플렉션에 들어와줘."

"야…… 어? 그 이야기는 빌써 다 끝났잖아."

K짱은 새파래진 얼굴을 마구 저었다.

"원래 드러머를 데리고 오디션에 나갔는데 안 됐어. 레코드 회사에서 요꼬야마가 없으면 안 된대……."

울상을 지으며 내 팔을 붙잡으려 하는 K짱 앞으로 겐따가 끼어들었다.

"너 왜 지금 이런 데서 그런 말을 하냐. 이제 콘테스트에 나가려는 참에 드러머 뺏어 가려고 오는 놈이 세상에 어디 있어!"

겐따는 무섭게 눈썹을 치켜 올리며 K짱을 난폭하게 떠밀었다. 그래도 K짱은 물러서지 않고 힘차게 내 쪽으로 한 발을 내밀었다.

"지금이니까 말하러 온 거야. 콘테스트에 나가면 분명 전국 대회까지 나갈 테니까 요꼬야마는 비트 키즈의 드러머로 주목받게 돼. 그럼 더는 와달라고 할 수 없잖아."

"네 미음대로 지껄이지 마!"

겐따가 오른손을 번쩍 치켜드는 것을 보고 나는 서둘러 놈의 두 팔을 틀어잡았다. 아무리 화가 나도 여자애는 절대로 때려선 안 돼.(하긴 누가 진짜 여자앤지 봐서는 잘 모르겠지만.)

"때리고 싶음 때려. 요꼬야마가 와주기만 한다면 죽을 때까지 때려도 좋아……. 오디션도 망쳤고 드러머는 밴드를 그만두고 거기다 오빠는 혼자 솔로로 데뷔하지 않겠느냐는 말에 고민 중이고 코지마와 다른 사람들은 삐쳤고, 모두 뿔뿔이 흩어지게 생겼어. 이대로 가다가는 오빠의 밴드가 없어질 거야……. 요꼬야마만 와주었으면 전부 잘됐을 텐데……. 요꼬야마만……."

날카로운 눈길로 겐따와 나를 노려보며 K짱은 울 듯 말 듯 묘한 표정으로 우뚝 서 있었다.

나는 어떡하면 좋을지 몰라서 머릿속이 텅 비어버렸다. '자, 이제부터 시작.'이라며 잔뜩 기운을 넣고 있는 이때 이런 일이 일어나다니. 나에게 부탁하러 와준 것은 기쁘고, 다른 일이라면 얼마든지 힘이 되어주고 싶어. 그렇지만 이것만은 양보할 수 없어. 내 밴드는 여기야. 다른 데는 안 가.

절대로 받아들일 수 없다고 마음을 굳게 먹긴 했지만 K짱의 필사적인 결의가 서린 눈빛을 보니 마음이 아팠다. 모두에게 미움 받을 걸 알면서도 이런 때 찾아오지 않을 수 없을 만큼 오빠를 소중하게 생각하고 있구나, K짱.

나도 모르게 팔에서 힘을 빼고 말았지만 겐따도 더는 때릴 생각이 없는지 조용히 말했다.

"너, 그렇게 오빠의 밴드가 소중하면 못한다고 내빼지 말고 네가 드럼 치면 되잖아. 그랬으면 이런 일도 없잖아……. 그리고 레코드 회사는 그냥 실력이 있고 캐릭터도 특이하니까 에이지에게 관심이 있는 거겠지만 정작 중요한 건 어느 밴드가 에이지의 미래를 위한 것인지가 아닐까? 그냥 메이저에 데뷔할 수 있으니까 해보자는 차원으로 결정하는 건 이상하다고 생각 안 해? ……네가 마음에 안 드는 건 에이지 기분은 하나도 생각하지 않기 때문이야. 사실은 네가 오빠를 도와주고 싶으면서 잘하는 녀석이 더 나을 것 같으니까 에이지에게 시키고, 에이지만 있으면 오디션에 통과할 것 같으니까 멤버로 들어오라고 하고. 에이지를 그냥 너 대용으로 생각하는 것뿐이잖아. 아냐?"

K짱은 눈을 동그랗게 뜨고 겐따의 얼굴을 멀뚱멀뚱 바라보았다.

아까 맞을 뻔했을 때도 울지 않더니 동그랗게 뜬 눈에서 순식간에 눈물이 쏟아졌다. 붐비는 지하도에서 갑자기 울음을 터뜨리다니 우린 그만 겁을 먹고 말았다. 남자 넷에게 둘러싸인 상태에서 엉엉 울면 우리가 여자애를 괴롭힌 것 같잖아.

"어, 어쨌든 우리 연주 보고 가. 그럼 어느 밴드가 진짜로 에이지를 위한 일인지 알 수 있을 테니까……. 응."

모여드는 구경꾼들의 눈을 피하고 싶은지 겐따는 우리도 깜짝 놀랄 만한 행동을 했다. 계속 울고 있는 K짱의 양어깨를 잡고 껴안은 것이다. 그러곤 구경하고 있는 사람들을 향해 험하게 외쳤다.

"뭘 뚫어지게 보는 거야, 멍청이들."

젊은 애들의 사랑싸움인가 하고 구경꾼들이 슬금슬금 물러설 때까지 겐따는 K짱의 머리를 어깨에 기대게 했지만 K짱은 저항도 하지 않고 가만히 그 자세로 울고만 있었다.

K짱을 객석으로 데려다 주고 우리는 대기실로 들어갔다. 대기하고 있던 레젠디아 놈들이 엄청 무서운 눈빛으로 쏘아보았지만 지금 나에게는 상대해줄 기력도 없다. K짱의 말을 모두 잊고 지금은 오로지 연주에 집중해야 한다고 생각했지만 도무지 마음이 가라앉질 않는다.

오프닝 밴드 소개가 끝난 다음에도 나는 대기실에서 계속 생각에 잠겨 있었다. 빨리 연주할 곡에 집중해야 하는데 싸운드 리플렉션 멤버들이 자꾸만 머릿속에 떠오른다. 손이 잘 맞았던 켄조오 씨의 베이스. 언제나 활기차게 트럼펫을 돌리는 코지마. 모두 좋은 사람들뿐인데……. 그 밴드가 없어져버릴지도 모른다니 너무 안타깝다.

멍하니 있다 문득 제정신을 차려보니 어느새 나는 무대 위의 드럼 세트 앞에 앉아 있었다.

"에이지, 어이, 에이지!"

겐따가 탐탐 위로 발돋움을 해서 얼굴을 내밀고 귀에다 외치고 있었다. 퍼뜩 얼굴을 들어보니 겐따는 입을 귀까지 찢어 올리며 멋들어진 웃음을 내보였다.

"힘내, 에이지. 이 비트 키즈에 있어야 정말 멋진 불꽃을 두둥 쏘아 올릴 수 있다는 거, 녀석들에게 보여주는 거야."

처음 만나서 최초로 내 드럼을 멤버들에게 들려줬을 때 했던 말을 겐따는 기억하고 있었다. 그게 엄청나게 기뻐서 나도 웃음으로 화답할 수 있었다.

크게 고개를 끄덕이자 겐따는 무대 중앙의 스탠드 마이크 앞으로 돌아갔다.

"에이지, 힘내!"

갑자기 객석에서 웬 아저씨의 큰 목소리가 들려 순간 나는 무릎이 꺾일 뻔했다. 아빠 목소리 아냐? 잘 들어보니 "어빠, 히내." 하는 미사끼와 꼭 닮은 목소리도 들린다. 혹시 우리 가족이 응원하러 온 걸까. 오늘 일은 노조미에게만 알려두었는데 설마 그 녀석이 가르쳐준 건가.

그 밖에도 겐따, 사또시를 외치는 여자애들의 목소리도 들린다. 이거, 진짜 위험하다. 비밀이었는데 모두 알고 있었나 봐.

뭐 이제 와서 할 수 없지. 아오끼 선생님에게 들키건 말건 지금은 이 곡을 완벽하게 마지막까지 연주하는 길밖에 없다. 그것만이 우리에게 주어진 길이니까!(어째 좀 썰렁하다.)

시게도 사또시도 제자리를 잡았다. 숨을 가다듬는 듯 넷이 똑같이 고개를 숙이고 있자니 점차 객석의 환성도 가라앉았다.

마이크 스탠드에 두 손을 걸치고 고개를 푹 수그리고 있던 겐따가 절도 있게 얼굴을 들어 올리더니 오른손을 높이 흔들어 올리며 외쳤다.

"Step On Your Beat!!"

그것을 신호로 나는 힘껏 튀어 오르는 비트를 치기 시작했다. 관객이 저절로 일어서서 춤을 추게 만들어버릴 비트의 드럼 솔로가 홀의 공기를 우리의 색깔로 바꾸어간다.

스포트라이트를 받아 심벌즈가 금빛 불꽃을 리드미컬하게 흩뜨린다. 베이스 드럼의 폭발음은 온갖 색깔이 뒤섞인 소리의 입자를 쏘아 올리며 홀의 공기를 밝고 화려하게 물들인다. 몸을 뒤흔드는 불꽃 같은 울림이 아까까지 음울하게 가라앉아 있던 기분을 단숨에 날려버린다.

사또시의 기타가 흐르는 듯한 멜로디에 록의 강렬함이 깃든 인상적인 리프를 연주하기 시작했다. 시게의 베이스도 또 다른 선을 그리면서 미묘하게 기타의 멜로디와 겹쳐지고 나의 비트와도 멋들어지게 얽히며 곡을 받쳐준다.

그 모든 것이 어울려 만들어낸 소리의 구름 속으로 한 줄기 빛이 파고들듯 겐따의 목소리가 힘차게 홀의 공간을 울린다.

창문을 닫고 컴컴한 방 안
무릎을 끌어안고 잠겨 있는 너.
밖으로 나가지 않겠니, 파란 하늘이 기다리는데.
꿈도 없는 헛된 세상이라고
그리 말하기 전에 창문을 열어봐.
깊이 숨을 들이쉬고 밝은 미래를 느끼며.

우리의 최신 창작곡 「On Your Beat」라는 곡이다. 여름방학 때 모여서 어린애 같은 곡이라고 모두 불평했었지만 몇 번이나 편곡하고 가사를 수정한 끝에 어린애 같은 곡이 아니라 '알기 쉬운 가사와 친숙한 멜로디의 멋진 하드록'으로 탈바꿈하였다.

오늘도 겐따는 최고의 목소리로 관객들의 마음을 확 사로잡았다. 관객들은 처음에는 머리만 흔들다가 하나둘 자리에서 일어서더니 온몸에 비트를 싣기 시작했다. 겐따는 마이크를 잡고 사람들을 부추기듯 무대 앞으로 나가 뛰어오르기 시작했다. 그러자 몇몇 사람들이 똑같은 박자로 뛰어오르고 점차 홀 전체가 펄쩍펄쩍 뛰어올랐다.

아무것도 없던 발치에 작은 꽃 피어나면
여기서 미래로 너만의 계단이 열리는 거야.

Step On Your Beat
For Your Dream
자신의 페이스를 잃지 마.
Step On Your Beat
For Your Dream
꿈으로 가는 계단을 뛰어오르는 거야.
포기하지 마. 올려다봐.
진짜 하늘의 푸른빛에 손이 닿을 때까지.

뒷모습밖에 보이지 않아 어떤 얼굴로 노래하고 있는지 알 수 없지만 오늘따라 겐따의 등이 믿을 수 없을 만큼 커 보였다. 홀 가득 소용돌이치는 그 목소리가 모든 사람의 마음을 빼앗아버렸다.

겐따의 노래는 눈부신 은빛으로 허공을 꿰뚫어 화려하게 어두운 밤하늘을 밝히는 절정의 불꽃놀이 같았다. 물론 나도 시게도 사또시도 질세라 불꽃을 쏘아 올렸다. 몇백 개나 되는 불꽃이 눈이 핑글 핑글 돌 만큼 온갖 색깔을 만들어내며 비트에 맞추어 깜빡인다. 나의 비트가 이 사람들을 흔드는 건지 흔들리는 공기가 나로 하여금 드럼을 치게 하는 건지 도무지 알 수가 없다. 몸 안쪽에서 끓어오르는 열기가 소리로 바뀌어 홀의 공간으로 마구 쏟아진다.

흥분의 클라이맥스에 다다랐는데도 오직 객석의 딱 한 군데만 공기가 흔들리지 않는다. 무대보다 어두운 객석 중 그곳만이 눈에 들어왔다. 나를 지그시 바라보며 눈물을 흘리면서 웃고 있는 K짱의 모습이.

'저 웃음은 무슨 뜻이지?'

한순간 그런 생각이 머리를 스쳤을 때 엄청난 일이 벌어졌다. 기세 좋게 라이드 심벌즈를 내리치는 오른손에서 스틱이 휙 날아가 버린 것이다. 그리고 그게 겐따의 머리를 때렸다. 콩, 소리와 함께 겐따는 마이크를 쥔 채 앞으로 폭 고꾸라져 쓰러졌다.

"미안!"

나도 모르게 벌떡 일어서서 무대로 뛰어갔다.

그때 겐따 쪽으로 뛰어오려고 급히 옆으로 몸을 트는 사또시의 기타가 바닥에 탕 하고 떨어졌다. 스트랩이 기타에서 빠져버린 것이다. 기타가 바닥에 부딪치는 그 충격음이 앰프를 통해 귀가 떨어질 만큼 강렬한 소음으로 변해 홀의 공간 속에 메아리쳤다. 어디서 폭탄이라도 터진 것 같은 굉음.

여자아이들이 질러대는 단말마의 비명, 그리고 홀은 적막에 휩싸였다. 이어서 위잉, 위잉, 잉……. 사또시의 기타 여운만이 공기를 울렸다.

뛰다 멈춰버린 내 눈앞에서 겐따가 천천히 몸을 일으켰다. 나는 달려갔다.

"괜찮아? 머리 이상해진 건 아니지?"

그러자 겐따는 엄청 무서운 눈으로 쏘아보며 소리 질렀다.

"마보 사식! 뭐하는 서야, 넝청아. 빨리 네 자리로 돌아가지 못해!"

마이크에 부딪쳤는지 입가에 피를 흘리면서도 겐따는 정신을 되찾으려는 듯 푸르르, 얼굴을 흔들었다. 그리고 사또시가 스트랩을 제대로 꽂았는지, 내가 제자리로 돌아갔는지 확인한 다음 일그러진 마이크를 살펴보며 일어서서 크게 숨을 내쉬었다.

"다시…… 다시 한 번, 아까 부분부터 하겠습니다……."

조금 떨리는 목소리로 겐따가 그렇게 말하자 박수가 터져 나왔다.

……내가 먼저 연주를 시작해야 하는데 갑자기 손발이 떨려왔다. 나 무슨 짓을 한 거야. 지금까지 연습해온 게 전부 엉망진창이 돼버렸잖아. 나 때문에.

얼떨떨하게 앉아 있는데 핸드 마이크를 잡은 채 겐따가 무서운 눈으로 돌아보았다. 그렇지만 금세 눈을 가늘게 뜨더니 웃는 얼굴로 높이 소리쳤다.

"시작해, 에이지!"

그 목소리를 들은 순간 손발이 저절로 움직여 적막한 공기 속에 다시 한 번 우리의 비트를 새겨나가기 시작했다.

그 이후로는 어떻게 쳤는지 도무지 기억나지 않지만 정신을 차리고 보니 우리는 우레와 같은 박수의 소나기 속에 멍하니 서 있었다.

뒤돌아보는 겐따의 입이 '끝났어.'라고 말하는 것을 보고서야 겨우 나도 끝났다는 것을 실감했다. 온몸에 힘이 쭉 빠져버렸다.

모든 출연 팀의 연주가 끝나고 심사 결과를 기다리는 동안 우리는 객석 맨 뒤에 넋을 놓고 앉아 있었다. 아무도 입을 열지 않고 나에게 화도 내지 않았지만 피로에 전 그 얼굴들을 보고 있자니 너무 괴로웠다.

물에 적신 손수건으로 뒤통수를 누르며 머리를 감싸고 있는 겐따에게 다시 한 번 사과했다.

"미안……. 정말 미안해. 아팠지."

울상을 지으며 말하자 겐따는 상냥하게 웃으며 고개를 젓는가 싶더니 갑자기, "이만큼 아팠다고!"라며 내 뒤통수를 힘껏 내리쳤다.

눈에서 불똥이 튈 만큼 아팠지만 불평도 못 하고 머리를 두 손으로 감쌌다.

"뭐, 됐어. 사고 난 것 빼면 진짜 잘했잖아. 음악이 이상했던 건 아니니까 우승 못 해도 난 괜찮아."

얼굴을 들었더니 이번에는 정말 산뜻한 표정으로 겐따가 그렇게 말했다. 괜히 그런 척하는 게 아니라 진심으로 자기 노래에 자부심을 갖는 것 같다.

"아, 발표하나 봐."

시게의 목소리에 앞을 바라보니 무대의 막이 천천히 올라가고 있었다. 무대에는 긴 책상 위에 트로피가 두 개, 작은 패가 세 개 있었다.

"지, 드디어 제3회 록 파이드 간사이 지역 내회의 결과를 발표하겠습니다! 11월 3일, 토오꾜오 N홀의 무대에 서게 될 두 팀은 과연 어느 밴드일까요?"

사회자 누나가 새된 비음이 섞인 목소리로 말했다.

우승과 준우승이 본선 대회에 갈 수 있다고 하는데 우리는 그렇게나 큰 실수를 했으니 다 틀렸다고 다들 포기하고 있었다. 작은 패세 개의 우수상 정도는 받을 수 있을까, 힘들게 했으니까 상품이라도 받았으면……. 넷이서 그런 말을 주고받았지만 그것도 무리였다. 우수상과 준우승은 벌써 다른 팀으로 가고 말았다.

레젠디아도 아직 받지 않았는데 설마…….

"올해의 칸사이 지역 대회 우승 밴드는…… 레젠디아 여러분입니다!"

역시, 그놈들 예전에 비해 수준이 엄청 달라졌으니까. 납득은 가지만 결국 지고 말았다는 생각에 분했다. 나만 실수하지 않았다면 분명 좋은 승부가 되었을 텐데……

무대 위에 올라 표창장과 트로피를 받고 있는 레젠디아는 화려하게 잘 어울리는 의상은 말할 것도 없고 전에 없던 강렬한 분위기까지 뿜어내고 있었다. 성실한 노력을 충분히 보상하고도 남을 평가를 받아서 그런지 표정이나 태도에 자신감이 넘쳐흐른다. 보컬 녀석이 트로피를 한 손으로 높이 들어 올리며 우리를 향해 승리의 미소를 보냈다.

"아, 저놈들 그 약속을 정말 실행할 생각 아닐까?"

시게의 얼굴은 파리해지고 있었다. 놈들이 이기면 메이저급 홀이건 라이브 하우스건 모두 금지한다는 그 약속. 심술로 가득한 참으로 한심한 내기였지만 이렇게나 완벽하게 져버렸으니 할 말이 없다.

"그런 셈이지, 뭐. 이런 데서 연주하는 것도 이걸로 마지막이네."

사또시가 무덤덤하게 말했다.

"그럼 우리 이제부터 어디서 라이브 해야 해?"

겐따의 질문에 사또시가 또 냉정하게 대답했다.

"일단 11월 3일이 문화제야. 또 내년에도 신입생 환영회와 문화제 정도는 있겠지."

"학교에서만!"

겐따가 볼을 부풀리고 외치는데 사회자 누나가 무대 뒤에서 건네받은 메모를 보고 당황스러운 말투로 소리쳤다.

"여러분! 갑작스럽지만 심사위원의 만장일치로 '심사위원 특별상'을 시상하게 되었습니다. 수상자는 참가 밴드 중 최연소이자 이 홀을 열광으로 몰아넣은 비트 키즈 여러분입니다. 축하해요!"

가만히 앉아 있던 나와 시게도, 막 말다툼을 시작한 겐따와 사또시도 잠시 멍해졌다. 넷이서 십 초 정도 얼굴을 마주 보다가 동시에 "에에에!?" 하고 소리 지르며 그 자리에서 벌렁 나자빠지고 말았다.

세상에 우째 이런 일이, 어어? 거짓말! 정말 상 받아도 돼!?

"비트 키즈 여러분, 뻘리 무대 위로 올라오세요. 여러분도 본선 대회에 나갈 수 있게 되었습니다."

우리는 무대로 향하는 통로 위에서 펄쩍펄쩍 뛰어오르며 만세를 외쳤다. 11월 3일에 문화제가 아닌 토오꾜오 N홀의 무대에 선다고. 정말이야, 이거? 거짓말 아니지, 믿을 수 없어.

무대에 나란히 선 다음에도 겐따는 흥분한 듯 계속 중얼거렸다.

"거짓말 아니지? 꿈 아니지? 진짜지!?"

그러다 결국 내 발을 밟았고 내가 아얏! 하고 외치자 겨우 현실을 인정한 듯 입을 다물었다. 남의 발 밟지 말고 처음부터 자기 볼이라도 꼬집어보면 되잖아.

상을 받고 자리로 돌아온 시게에게 옆에 서 있던 레젠디아의 리더(드러머 녀석)가 말을 걸었다.

"오늘은 결국 무승부네. 다음 N홀이 진짜 승부다. 이번에는 아무 조건 없이 그냥 승부만 겨루기로 해. 괜찮지?"

시게가 의젓하게 고개를 끄덕이자 저쪽 보컬이 뭔가 불만스러운지 중얼거렸다.

"그렇지만 타꾸미, 약속은 약속인데……."

"구시렁대지 마! 나는 너처럼 이놈들이 싫지 않아. 그냥 순수하게 이놈들보다 위에 서고 싶을 뿐이야. 승부는 오래오래 펼치는 게 재미있어."

보컬 놈을 그렇게 타이르고 타꾸미라는 드러머는 우리를 향해 부드러운 웃음을 지었다.

"이번에도 지지 않을 거니까."

"우리야말로."

시게도 처음으로 친밀함을 담은 웃음으로 화답했다.

무대에 올라선 우승, 준우승, 특별상 세 밴드에게 객석에서 아낌없는 박수와 함성이 쏟아졌다. 그중에서 귀에 쏙 들어오는 목소리가 있었다.

"축하해, 열심히 하고 와!"

객석 중간에서 K짱이 손을 흔들고 있었다. 이젠 눈물을 흘리지 않고 진심으로 우리를 축하해주는 웃음과 함께. 고맙다고 대답하려는데 엄청난 성원의 함성이 나를 향해 날아드는 바람에 그만 바닥에 털썩 주저앉을 뻔했다.

"좋았어, 에이지!! 사람들도 웃겨주고 상도 받고 역시 내 아들이닷!"

아냐! 사람들을 웃기려고 한 짓이 아니란 말이야. 어이, 누구 없어요!? 저 아저씨 빨리 치워주세요.

머리를 감싸 쥐는 나와 폭소를 터뜨리는 친구들을 보고 관객들도 큰 소리로 웃어젖혔다. 그래서 그런지 록 파이트 칸사이 지역 대회는 부드러운 분위기 속에서 막을 내렸다.

"이것을 끝으로 제3회 록 파이트 칸사이 지역 대회를 마치겠습니다. 덧붙여 오늘 대회는 다음 토요일 오후 12시 반부터 N텔레비전에서 방송되니 많은 시청 바랍니다."

아나운서의 말을 듣자마자 우리 넷은 다시 으에엑! 나자빠지고 말았다.

텔레비전에서 방송된다……. 그럼 비밀이 안 지켜지잖아! 틀림없이 학교의 누군가가 볼 것이다. 그러면 아오끼 선생님 귀에도 들어간다. 게다가 문화제 날에 학교를 쉬고 토오꾜오에 가야 하는데……. 어쩌면 좋지? 학교에서 콘테스트에 나가는 것을 허락해줄까. 으으음.

원래 이딴 세상이야?

　숨죽이고 일주일을 보냈는데 쓸데없는 노력이었다. 록 파이트의 텔레비전 방송이 나간 다음다음 날인 월요일 점심시간에 우리 넷은 아오끼 선생님에게 불려 갔다.

　왜 불려 갔는지 그 텔레비전 방송을 본 사람이라면 당연히 알 수 있는 일이다. 우승 밴드의 인터뷰 중에 레젠디아 보컬 놈이 우리 비트 키즈에게 라이브를 빼앗긴 일부터 록 파이트에서 승부하기로 한 사연까지 마구 지껄여댔기 때문이다.

　아오끼 선생님은 생활지도부실 창가에 서서 바깥을 바라보고 있었다. 늘 문을 향해 똑바로 앉는데, 오늘따라 학생 의자에 누군가가 미리 앉아 있었다. 봉긋한 어깨에 뒷모습이 딱 번들이다.

우리가 들어서자 번들이도 아오끼 선생님도 돌아보았다. 늘 화내는 쪽인 아오끼 선생님은 왠지 무표정이고 번들이는 시뻘겋게 열이 올라 있었다.

"너희, 왜…… 왜 아무 말 안 했어! 왜 의논하러 안 온 거야?"

우리가 의자에 앉을 새도 없이 번들이가 버럭 소리를 질렀다.

"하긴 이 녀석들도 자기들이 나쁜 짓을 했다는 것을 아니까 그랬겠죠. 다른 사람의 악기를 무단으로 쓰고 라이브 하우스에서 아르바이트나 하고 술 마시고, 이건 그야말로 불량의 퍼레이드지 않습니까. 고문 선생님 말조차 안 들으니 클럽활동 정지도 어쩔 수 없는 일이겠지만……. 뭐 그건 직원회의를 해봐야겠지요, 쿠라따 선생님."

아오끼 선생님은 냉랭하면서도 의기양양한 미소를 띠고 있었다. 왜일까, 얼마 전 단둘이 이야기했을 때는 이렇게 심술을 부리지 않았는데, 밴드나 클럽 단위를 상대할 때, 그리고 쿠라따 선생님이 있을 때는 이상할 정도로 적대감을 드러내는 것 같다. 학생 개개인 보다는 '록' 자체에 거부감을 갖고 있어서 그런 걸까.

쿠라따 선생님이 가만히 있자 사또시가 조용히 말했다.

"아오끼 선생님께서 잘못 아신 부분이 있습니다. 저희는 라이브 하우스에서 아르바이트한 적이 없습니다. 요꼬야마는 아는 사람의 밴드를 도와준 것뿐이고, 록 파이트는 콘테스트지 아르바이트가 아닙니다. 술을 마신 것도 요꼬야마가 주스인 줄 알고 칵테일을 마신 거지 의도적으로 교칙을 위반한 것은 아닙니다. 집에서 엄청 술 마서대는 놈들도 많고 학교에서 몰래 담배 피우는 애들도 있는데 요꼬야마가 처벌받은 건 도저히 이해가 안 갑니다. 생트집을 잡아 클럽활동까지 막으려 하다니 선생님들이야말로 불량하다고 생각합니다."

사또시는 언제나 5등 안에 드는 수재이면서 냉정하게 자신의 의견을 말할 용기도 있는 놈이다. 너무 냉정하고 논리정연해서 건방지다고 반감을 사기 쉬운 타입이기도 하지만. 이번에도 아오끼 선생님은 사또시의 귀염성 없는(이라고 어른들이 느낄 만한) 태도에 무지 화를 내고 말았다.

"불량이라고? 선생님을 바보로 아는 거냐, 오오쯔까!"

아오끼 선생님은 사또시가 정말 하려고 했던 말은 제쳐두고 단어 하나에 트집을 잡아서 소리를 질렀다.

"아오끼 선생님, 그건 그냥 말꼬리를 잡는 것 아닙니까. 오오쯔까의 말은 요꼬야마의 음주 문제는 고의가 아니었고, 록 파이트라는 순수한 음악 콘테스트에 나갔을 뿐 아르바이트를 한 게 아니라는 겁니다."

번들이가 얼굴을 들이대고 아오끼 선생님에게 반론했다. 아까는 우리가 몰래 콘테스트에 나간 것 때문에 화를 내긴 했지만 마음은 늘 우리를 향해 있었다. 번들이만은 우리 편이었다.

"순수한 음악 콘테스트?"

아오끼 선생님은 비웃는 듯한 투로 말했다.

"머리를 새하얗게 물들인 기괴한 놈들이 우승하는 콘테스트가 순수한 음악 콘테스트라고 할 수 있습니까? 겉모습만 번지르르한 놈들에게 진 걸 보면 우리 학교 경음악부도 별거 아니네요."

그 한마디에 지금까지 가만히 지켜만 보던 겐따가 결국 분통을 터뜨리고 말았다. 겐따는 두 손으로 책상을 퍽 치고 외쳤다.

"왜 항상 그렇게 겉모습만 보고 평가하는 겁니까! 그놈들 확실히 엄청 화려하고 연주도 거칠지만 잘 들어보면 남의 흉내도 안 내고 개성적인 부분이 있어요. 메이크업만이 아니라 연주 연습도 열심히 해서 정말 실력이 늘었단 말이야. 에이지가 실수만 안 했으면 우리가 이겼을지도 몰라서 분하긴 하지만 그놈들 연주도 꽤 좋았어요. 선생님처럼 잘 들어보지도 않고 자기 취향만으로 남을 헐뜯는 건 최악이야!"

나도 그 말엔 동감하지만 선생님에게 최악이라는 말은 좀 심하다. 옆에 서 있던 시게도 "큰일 났다."라고 중얼거렸다.

마침내 아오끼 선생님도 폭발하고 말았다. 하나에서 열까지 무조건 부정적으로 평가하기 시작했다.

"록에 좋고 나쁘고 잘하고 못하고가 어디 있어! 음악도 아닌 그런 쓰레기에 무슨 평가를 내린단 말이야. 합창이나 합주 콘테스트라면 몰라도 록 콘테스트 같은 데, 우리 학생들이 참가하는 건 인정할 수 없어!"

그 말에 우리뿐 아니라 번들이까지 숨을 딱 멈추었다. 왜 그렇게 록을 부정하는지 모르겠다. 요즘 세상에 록이라는 이유로 사사건 건 트집을 잡는 쪽이 이상하지 않나. 음악도 아니라니, 이건 절대 용서할 수 없어. 나도 뭔가 한마디 하고 싶었지만 도저히 머릿속에서 정리가 되질 않았다. 그러자 시게가 침착한 어조로 말했다. 말투는 침착했지만 눈빛은 분노로 타오르고 있었다.

"선생님, 왜 그렇게 록을 싫어하십니까? 일렉트릭 기타만 가지고 다녀도 불량하다고 단정 짓는 사고방식은 시대착오 아닙니까? 지금의 록은 반항 수단이 아니라 사람들이 좋아하는 음악 장르의 하나일 뿐입니다. 록이 좋아서 그냥 자신을 표현하는 수단으로 록을 하는 아이들이 많습니다. 저희도 그렇고요."

"맞아. 우리 엄청 밝고 건전하게 록을 하고 있잖아. 나도 매일 학교나 어른들에게 열 받기는 하지만 그렇다고 세상을 모두 부수어 버리겠다는 생각 같은 건 하지 않는 정말 평범한 학생이야. 그냥 록을 무지 좋아할 뿐인데 왜 록을 음악으로 인정해주지 않는 거야. 왜 록 콘테스트는 인정해주지 않느냐 말이야."

겐따도 시게에 이어 그렇게 말했다. 겐따가 정말 평범한 학생이라는 데는 약간 동의할 수 없지만 아까 최악 어쩌고 하는 발언에 비한다면 아오끼 선생님의 이해를 구하는, 아주 부드러운 말투였다.

그러나 우리에게는 맞는 말일지 몰라도 아오끼 선생님에게는 통하지 않았다.

"확실히 나는 록이 싫다. 그냥 시끄럽고 정신없이 일렉트릭 기타나 쳐대는 그따위에 무슨 예술성이 있겠어? 그런 음악 콘테스트와 제대로 된 클래식 음악 콘테스트를 비교해선 안 되지…… 그리고 너희는 걸핏하면 짜증 난다 열 받는다 그런 말을 하면서 빈둥거리기만 하고 인내심도 없는 주제에 응석만 부리고 있다는 사실을 알고나 있어?"

아오끼 선생님은 어이가 없을 만큼 당당한 태도로 그렇게 단언했다.

선생님의 눈으로…… 어른의 눈으로 보면 우리는 시야도 좁고 철없고 별것도 아닌 일에 고뇌하는 것처럼 보일지도 몰라. 그러나 별것도 아닌 일로 비틀거리는 아이도, 엄청 힘든 일을 겪고 있는 아이도 모두 있는 힘을 다해 앞으로 나아가려 하고 있다고. 즐겁지만은 않은 일상 속에서 모처럼 찾아낸 누군가의 꿈을 어떻게 어른의 기준으로 이건 되고 저건 안 된다는 식으로 말할 수 있어?

그런 생각을 하는데 나도 모르게 어느새 입이 움직였다.

"나, 이 학교에 기적적으로 들어와서 그런지 도무지 공부를 따라가지 못하거든요. 가끔은 그만두고 일하는 게 좋겠다는 생각도 들지만 여기 들어오지 않았더라면 밴드 친구들을 만나지 못했을 테니 이 학교에 오길 참 잘했다고 생각해요…… 선생님, 조금이라도 우리…… 아니 록 음악을 진지하게 들어본 적 있어요? 안 들어보고 무작정 이유도 없이 싫어하는 거 아니에요? 한 번이라도 좋으니까 선입견 없이 들어보세요. 눈물이 나올 정도로 아름다운 멜로디도 엄청 많고 비트에 몸을 싣고 뛰어오르면 진짜 기분이 좋아져요. 힘껏 드럼을 치고 있으면 어떤 일도 견뎌낼 수 있을 것 같아요. 정말 들어보면 알 수 있을 텐데……."

눈물이 나올 것 같았다. 말싸움으로 만만치 않은 선생님에게 이기려면 제대로 된 논리를 펼쳐야 하는데, 결국 내가 얼마나 음악을…… 드럼을 좋아하는지를 새삼 확인하면서 내 가슴이 찡해졌을 뿐 선생님을 설득하지는 못한 것 같다. 아오끼 선생님은 팔짱을 끼고 떫은 표정으로 잠깐 가만히 있었다.

"아오끼 선생님!"

번들이가 의자에서 벌떡 일어서더니 우리처럼 두 손으로 책상을 짚고 아오끼 선생님 앞으로 몸을 기울였다.

"콘테스트 참가를 허가하는 문제는 여기서 선생님 혼자 결정할 일이 아닌 것 같은데요. 선생님이 록을 음악으로 인정하고 안 하고는 관두고라도 어떤 분야든 예선을 통과해서 전국 대회에 나가는 것은 보통 일이 아니죠. 그걸 솔직히 인정해주는 게 어떨까요. 어쨌든 이건 직원회의에서 결정할 문젭니다!"

이마에서 진땀을 줄줄 흘리며 번들이는 빠르게 말했다. 결코 허튼소리를 허용하지 않겠다는 단호한 눈길로 아오끼 선생님을 노려보고 있다. 우리도 가만히 아오끼 선생님을 노려보았다. 눈알이 튀어나올 만큼 잔뜩 힘을 넣어서.

아오끼 선생님은 팔짱을 풀고 한숨을 쉬며 천장을 올려다보았다.

"하긴 그렇지. 콘테스트도 다른 일도 모두 직원회의에서 결정하는 게 마땅하지. 문화제 날에 그런 행사에 나가려고 학교를 쉬는 게 허락받을 수 있는 일인지 아닌지는 불 보듯 뻔하지만."

일단 여기서는 최악의 사태로 나가지 않았지만 아무래도 직원회의에서 좋은 결과가 나올 것 같지는 않다. 전국 대회가 있는 11월 3일과 문화제가 딱 겹치는 게 가장 큰 걸림돌이 될 것 같다.

그날은 연습이 없어서 수업이 끝나자마자 돌아갈 채비를 하는데 K짱이 우리 교실로 들어왔다. 나를 향해 곧장 다가오는 게, 혹시 무슨 볼일이 있나? 노조미가 합주부에 간 것을 확인하고 안도의 한숨을 내쉬었다. 아, 아니 K짱은 전혀 그럴 의도가 없겠지만 노조미가 보면 역시 기분이 상할 테니까.

"요꼬야마, 오늘 끝나고 무슨 일 있어?"

"아무것도 없는데."

그렇게 대답했더니 K짱은 굉장히 기쁜 듯이 웃고 몸을 살짝 앞으로 굽히면서 말했다.

"그럼, 잠깐 데이트하지 않을래?"

"뭐? 데, 데이트……?"

아, 나, 노조미와 일단 그, 꽤 잘되어가고 있는데 K짱이랑 데이트하면 양다리 걸치는 거잖아.

"키리야마 씨 스튜디오에 와줘. 싸운드 리플렉션의 드럼으로 좀 배우고 싶어서."

또 이상한 착각을 할 뻔했다. K짱처럼 예쁜 아이는 단어에 신경을 써줘야지, 안 그러면 남자가 곤란하다니까, 여러 가지로.

몇 달 만에 찾은 키리야마 씨의 스튜디오에는 학교를 마치고 들른 코지마도 있어서 오랜만에 트럼펫 소음을 들어가며 드럼을 칠 수 있었다. 이런 말 하면 좀 아저씨 같다고 할지 모르겠지만 왠지 그리운 분위기다.

K짱은 결원이 생긴 싸운드 리플렉션의 드러머 자리에 막 입후보했다고 한다. 아직 정식 멤버는 아니고 시험 기간 중이니까 빨리 인정받을 수 있도록 열심히 연습할 거라면서 웃는 얼굴로 말했다.

"요꼬야마, 여러 가지로 미안했어. 겐따 말대로 나의 브라더 콤플렉스 때문에 너희를 귀찮게 했어……. 그치만 오빠에게는 이 밴드가 꼭 필요하다는 생각 때문에 그랬던 거야."

켄조오 씨에게 전수받은 애프터 비트를 가르쳐준 다음 휴식 시간에 주스 캔을 마시며 K짱은 이런저런 사정을 이야기해주었다.

"우리 오빠, 머리는 꽤 좋은데 요령이 나빠서 대학을 삼수하고 마지막 해에는 바깥에 나가지도 못할 정도로 신경이 약해지고 말았어. 그래서 아는 사람을 만나기 싫다고 일부러 오오사까의 대학에 간 거야. 그때는 가족 모두 굉장히 걱정했었는데 일 년 정도 지나서 집에 돌아왔을 땐 딴사람처럼 밝고 생기가 넘쳤어. 삼수할 때는 눈빛도 어둡고 날카로웠는데, 여동생인 내가 봐도 가슴이 두근두근할 정도로 멋있어진 거야. 그게 전부 켄조오 씨와 밴드를 시작한 덕이었지. 작년에 아빠의 전근으로 오오사까에 이사 와서 같이 살게 되고 밴드의 다른 멤버들이랑 만나고부터 싸운드 리플렉션은 나에게도 가장 소중한 존재가 되었어. 그때는 의식하지 못했는데 고등학교에서 드럼을 시작한 것도 아마 드럼이 싸운드 리플렉션에서 가장 약한 파트여서 그랬던 것 같아. 마음 한구석에서는 나도 멤버가 되고 싶었나 봐……. 그렇지만 계속 모르는 척하고 있었어."

K짱은 스튜디오의 파이프 의자에 깊숙이 앉아 주스를 한 모금 마시고 숨을 내쉰 뒤 다시 말을 시작했다.

"……나 있지, 겐따의 말을 듣고 겨우 깨달았어. 내가 정말로 간절히 원하는 것이라면 스스로 노력해서 손에 넣어야 한다는 거. 다른 사람에게 부탁하면 안 된다는 걸 깨달았어. 아직은 실력이 부족하지만 다른 사람에게 부탁만 하며 응석을 부리는 것보다는 내가 열심히 노력하는 것이 가장 좋다는 걸 알게 되었어."

쑥스러운 듯 살짝 고개를 숙인 K짱의 웃는 얼굴이 반짝반짝 빛나고 있었다. 오래 습관이 들어버린 밴드의 하드록 드럼 패턴에서 벗어나지 못해 고생하고 있지만 그래도 배우면 빨리 흡수하는 편이라 반드시 싸운드 리플렉션을 멋지게 받쳐주는 드러머가 될 수 있을 거야……라고 말이야 꽤 그럴듯하게 하지만 나 역시 초보 드러머인걸 뭐.

어쨌든 빨리 정식 멤버가 될 수 있도록 힘내, K짱!

다음 날 아침, 번들이가 알려준 직원회의 결과는 록 파이트 전국 대회를 사퇴하라는 거였다.

음주 문제는 벌써 근신을 먹었고 라이브 강탈 건은 증거가 없으니 처벌 없이 끝나서 다행이긴 하지만 정작 중요한 록 파이트에 나갈 수 없다니. 아무리 문화제와 겹쳤다고 해도 힘들게 예선을 통과했는데 학교가 무슨 권리로 토오꾜오의 N홀에 가지 말라는 거야?

그런 소식을 알리러 온 번들이가 우리보다 풀이 죽어 있는 모습을 보고 우리는 얼굴을 마주 보며 한숨을 쉰 뒤 일단 아무 말 없이 각자 교실로 돌아갔다.

점심시간에 시게와 사또시가 우리 교실로 나하고 겐따를 부르러 왔다. 얼마 전에 사또시가 열쇠를 여는 데 성공했던 그 옥상에서 비밀회의를 하자는 것이었다. 점심밥 대신 사람 수대로 야끼소바(삶은 국수에 야채, 고기 등을 넣고 볶은 일본 요리 ― 옮긴이) 빵까지 사 들고 왔다. 다른 학생들에게 들키지 않게 조심하며 옥상으로 올라가 교정에서 안 보이도록 한가운데 둥그렇게 앉아 앞으로의 일을 상의했다.

겐따는 무슨 일이 있어도 N홀에는 반드시 가야 한다는 의견.

"기본적으로 쉬는 날이나 마찬가지니까 학교가 우리 행동을 규

제할 권리는 없어. 수업 땡땡이치고 오디션 받으러 가는 것도 아닌데 이러니저러니 간섭할 수 없다고 생각해."

이게 완벽한 정답이다. 간만에 겐따가 맞는 말을 했다. 번들이 이외의 선생님들 모두 사고방식이 이상하다.

"그렇지만 문화제 쉬고 록 파이트에 갔다가 걸리면…… 텔레비전에 나가니까 당연히 걸리겠지만. 분명 처벌받을 거야. 근신 아니면 정학. 특히 에이지는 한 번 근신 먹었으니까 이번에는 한 단계 무거운 벌을 받을걸."

시게가 불길한 말을 했다.

"한 단계 위의 처분이라면, 퇴학?"

겁을 내며 물었더니 시게는 웃으며 고개를 저었다.

"아무리 그렇다고 해도 그건 좀 심하지. 무기정학이나 낙제 정도가 아닐까?"

퇴학은 아니라도 내년에는 나 혼자 2학년을 한 번 더 다녀야 할 수도 있다. 으음. 시게나 사또는 물론 겐따까지 선배라고 불러야 될지도 모른다니, 이건 좀 충격이다.

"아이쿠, 낙제. 낙제하면 우짠다냐, 요꼬야마."

걱정하는 건지 놀리는 건지 모를 말투로 겐따가 말했다.

"할 수 없지. 여기까지 왔는데 낙제 같은 걸 겁낼 수야 없잖아, 레젠디아와 승부도 내야 하고. 문화제 쉬고 토오꾜오에 가자!"

나만 각오하면 돼. 전날부터 학교에 가둬둘 수야 없을 테니 조용히 토오꾜오로 가버리면 아무도 막을 수 없지 뭐. 모두 내 마음을 알았는지 동시에 고개를 깊이 끄덕였다.

"좋아, 그럼 겉으로는 문화제를 위해 연습하는 척하면서 록 파이트에 전력을 기울이는 거야. 이번에는 절대로 비밀이야, 알았지!"

"잠깐만."

시게가 결론을 내리는데 겐따가 끼어들었다.

"우리 말고 한 명쯤 협력자가 있는 편이 좋지 않을까? 미안하지만 번들이는 안 되겠고 K짱에게 부탁하면 어때? 경음악부 콘서트도 펑크 내야 할 테니까 사정을 아는 사람이 하나 정도는 있어야 안심이 될 거야."

그 의견에도 모두 찬성이었다. 이렇게 해서 비트 키즈는 학교 명령을 어기고, 문화제에 나가는 척하다가 당일 아침에 토오꾜오에 가기로 했다. 와아, 축하 축하. 짝짝짝……. 아직 그랑프리 딴 것도 아닌데 좀 이른가.

이야기를 끝낸 후 좋아하는 야끼소바 빵을 한입 베어 물고 올려다본 하늘에는 가을 분위기가 물씬 풍기는 흰 구름이 떠 있다. 짙고 푸른 하늘에 하얀 점들이 늘어선 모습이 정말 상쾌하다. 마음이 맑고 깨끗해지면서 뭐든 못 할 일이 없을 것 같은 기분이 들었다.

그래, 록 파이트에서 그랑프리를 따 바로 메이저 데뷔만 하면 더는 낙제나 퇴학을 신경 쓰지 않아도 될 거야.

그렇게만 되면 얼마나 좋을까.

록 파이트 본선 대회까지 교실을 쓸 수 있는 날에는 학교에서, 그렇지 않은 날은 키리야마 씨의 스튜디오에서 신물이 날 정도로 신곡만 연습했다. 신물이 날 정도라고는 했지만 사실은 아무리 연주해도 질리지 않는 명곡이다, 정말. 이런 게 단순한 곡의 장점인 것 같다. 질리지 않는다는 건 중요한 일이야.

학교 끝나고 들르기엔 좀 멀지만 키리야마 씨의 스튜디오를 쓸 수 있다는 게 얼마나 다행인지 모른다. 학교에서 일주일에 두 번 징도 한가롭게 연습하는 것만 보고서는 아무도 설마 록 파이트에 나가리라고는 생각하지 않을 것이다. 겐따 말대로 K짱에게 협력을 구하길 참 잘했어. 클럽활동이 없는 날에 악기를 가지고 다니면 수상하니까 전날 스튜디오에 악기들을 가져다 두었다.

매일 늦게까지 연습에 전념하다 보니 어느새 록 파이트는 일주일 앞으로 다가왔다. 그제야 우리는 깨달았다.

"토오꾜오 가는 신깐센(일본의 고속철도—옮긴이) 표 사둬야 하지 않아?"

스튜디오에서 자전거를 타고 돌아오는 길에 내 옆에 있던 겐따가 갑자기 말했다. 앞에서 달리던 시게가 급브레이크를 잡는 바람에 나와 겐따는 자전거에서 떨어질 뻔했다.

"위험해! 멈출 때는 멈춘다고 말해."

겐따가 도로 옆 도랑에 빠지려다가 겨우 자전거의 방향을 돌려

세우며 말했다.

"태평하게 그런 말 할 때냐! 너희, 토오꾜오까지 신깐센 탈 돈 있어?"

시게의 다급한 어조에 사또시도 자전거를 멈추고 돌아보았다.

"뭐? 토오꾜오까지 교통비는 주최 측에서 받는 것 아니었어? 나 신깐센 탈 돈 없어."

나도 사또시와 같은 생각을 했는데 아니었어? 신깐센은 편도만 10,000엔 정도잖아. 아니 더 비쌀지도. 어쨌든 나 그런 돈 없어. 우리 집 사정에 갑자기 30,000엔쯤이나 되는 거금이 나올 데도 없고.

"아니, 교통비 나오긴 하는데 대회장에서 받기로 되어 있는 걸 내가 깜빡 잊어버렸어. 미안, 가는 표 살 돈, 각자 어떻게 안 될까?"

돈 없다고 해놓고서 사또시는 금세 "할 수 없지 뭐."라고 동의했다. 겐따가 "저금해둔 돈으로 사야지."라고 하자, 시게도 "그러지 뭐."라고 대답한다. 그러고는 모두 아무렇지도 않게 자전거 페달을 밟기 시작했다.

나도 뒤늦게 페달을 밟았지만 가슴이 좀 답답했다.

가는 표만 미리 사는 거라면 어떻게든 될 거야. 내 통장은 없지만 신문 배달로 번 돈은 전부 미사끼의 수술비로 엄마의 아르바이트 급료와 함께 저금해두고 있으니까 거기서 조금 빼 쓴다고 해도 잔소리는 하지 않을 거야. 그렇지만 매일 밴드에만 시간과 돈을 써버리는 데 대해서는 약간 양심의 가책 같은 걸 느꼈다.

"미안, 나 좀 바빠서."

지금 서둘러 집에 간들 저녁 준비를 도와줄 수도 없지만 마음이 조급해져서 나는 놀라는 친구들을 뒤로하고 전속력으로 달려 집으로 향했다.

요즘은 대체로 아빠보다 내 귀가 시간이 늦어서 내 몫만 부엌 작은 식탁에 차려져 있다. 평소 도착할 즈음에는 할머니와 아빠와 미사끼는 거실에서 벌써 잠들어 있는데 오늘따라 시끌벅적하다. 현관문을 열자 화난 듯한 목소리가 안쪽에서 들려왔다.

텔레비전 드라마라도 보고 있는 걸까, 현관에 올라서며 그런 생각을 하는데 순간 쨍그랑, 뭔가가 깨지는 소리에 심장이 펄쩍 튀어 올랐다. 이건 보통 일이 아니다. 날카롭게 귀에 날아 들어오는 큰 목소리는 텔레비전에서 나는 소리가 아니다. 아빠의 목소리였다.

"뭐야, 벌써 술 다 떨어졌어? 없으면 빨리 사러 갔다 와!"

"여보, 그렇게 빨리 마시면 몸에 안 좋으니까……."

"뭐야, 너 언제부터 나한테 말대꾸했어? 직장에서 잘리고 생활력 없는 놈은 술도 못 마신다 이거야!?"

닫혀 있던 거실과 부엌 사이의 문을 여는 순간 날아온 컵이 벽에 부딪쳐 산산조각 났다. 파편이 박힐 만큼 세게 부딪친 벽 바로 밑에 엄마가 두 손으로 머리를 감싼 채 웅크리고 있다. 내가 숨을 죽이는데 거실 안쪽에서 할머니 품에 안겨 움츠리고 있는 미사끼가 불에

덴 듯 울음을 터뜨렸다.

"아빠! 뭐하는 거야!? 그런 걸 던지면 위험하잖아."

파편을 밟지 않도록 조심스럽게 거실로 들어가 엄마와 아빠 사이에 섰다. 아빠는 사고 능력을 완전히 잃고 충혈된 눈으로 바닥에 앉아 있었다. 아빠는 예고도 없이 상 위에 있던 밥공기를 잡아 나를 향해 던졌다. 손을 뒤로 돌려 엄마를 감싸면서 몸을 비틀어 피했더니 밥사발이 벽에 부딪쳐 깨졌다.

"에이지마저 내 말을 무시하고……. 예전에는 맞아줬는데 이제는 말을 해도 들은 척도 안 하고……."

"무슨 헛소리 하는 거야. 옛날에는 느려서 피하지 못한 것뿐이지!"

안 돼, 완전 정신이 나갔어. 거의 이 년 동안 이런 일 없었는데……. 술은 한 잔만, 경마 경륜은 그만두고 슬롯머신만 하며 품행 방정(이 사람 말로는) 생활해왔는데 갑자기 왜 이래. 도대체 무슨 일이지?

어쨌든 빨리 이 사람을 막아야 한다. 파편에 팔을 다친 엄마도 걱정이지만 울면서 할머니 품에서 빠져나와 엄마한테 가려고 하는 미사끼가 더 걱정이다. 미사끼는 심장병이니까 저렇게 흥분하면 몸 상태가 안 좋아질 수도 있어.

"아빠, 왜 그래? 오늘 왜 갑자기 그렇게 술 많이 마셨어?"

아빠를 흥분시키지 않도록 상냥하게 물었는데도 다시 작은 접시 하나가 날아와 내 머리를 스치고 벽에 부딪쳤다. 하나 또 하나, 눈앞에 있는 식기를 몽땅 다 날려버리려나 보다.

 가끔씩 팔로 쳐 떨어뜨리기도 하면서 어떻게든 피하고 있는데 도저히 이해하기 힘든 광경이 펼쳐졌다. 나를 정말 죽이려는 기세로 물건을 던져대던 아빠가 갑자기 눈물을 줄줄 흘리는 게 아닌가.

 "뭐야, 제기랄. 내가 뭘 어쨌다고……. 뭐야, 구조인지 조정인지 알 수 없는 소리나 해대고 새끼가! 열심히 일했는데……. 에이지, 그렇지? 내가 뭘 잘못한 게 있어?"

 물건도 꽤 줄고 눈물 탓인지 아빠의 던지는 속도도 느려졌을 때 나는 단숨에 상을 뛰어넘어 아빠에게로 몸을 던졌다. 허망하게 바닥에 쓰러진 아빠가 어깨를 누르는 내 팔을 잡고 늘어졌다. 그 힘에 오히려 내가 아래로 깔릴 것 같아 놀라서 손을 떨쳐내고 몸을 일으켰더니 이번에는 나를 꼭 끌어안고 미사끼에게 지지 않을 만큼 큰 소리로 울기 시작했다.

 "아, 아빠……."

 갑자기 흐느껴 울어대는 것도 곤란하지만 접시를 던지는 것보다는 나을 것 같아 진정될 때까지 잠시 울게 내버려 두기로 했다. 아까 불같이 화내는 목소리로 미루어 짐작건대 아빠는 회사에서 잘린 것 같다. 그것도 일솜씨가 없다거나 성실하지 않아서가 아니라 불경기 때문에 구조 조정(아빠와 마찬가지로 나도 무슨 뜻인지 잘 모르겠지만)의 대상이 된 모양이다.

 "에이지, 이게 뭐야. 이번에야말로 열심히 해보려고 했는데. 세상이 도대체 왜 이래? 열심히 살아도 좋은 일은 하나도 없잖아."

들고 있자니 나도 이 세상의 부조리에 화가 나서 아빠가 불쌍하다는 생각이 들었지만 내 교복 어깨를 눈물 콧물로 질척이게 만들지는 말아줘. 이건 정말 심각한 사태라고 생각하면서도 아빠의 심한 눈물과 어리광에 웃음이 나올 것 같다. 가슴은 찌릿찌릿 아픈데 웃음이 나온다.

"아빠, 포기하면 안 돼. 가족 모두 건강하기만 하면 어떻게든 된다니까. 나도 일할 수 있으니까 걱정 말고 천천히 다음 일자리를 찾아보면 돼."

아빠는 천천히 얼굴을 들고 매달리는 듯한 눈길로 나를 보았다.

"정말 어떻게든 될까?"

아빠의 목소리를 덮으며 할머니와 엄마가 동시에 비명을 질렀다.

"미사끼가…… 미사끼가! 빨리 구급차 불러, 에이지!"

할머니 품 안에서 울고 있던 미사끼의 온몸이 보라색으로 변했고 파르르 떨고 있었다. 숨을 쉴 때마다 머리를 부들부들 떨며 힘들어한다. 한눈에 봐도 그건 울다 지쳐 경련을 일으키는 단순한 사태가 아니었다.

나는 다시 상을 뛰어넘어 전화기 앞으로 달려갔다.

빨리, 일 초라도 빨리 병원에 가지 않으면 미사끼의 숨이 멈춰버릴 것 같다.

가족들 모두 건강하기만 하면 분명 어떻게든 된다고 방금 말했는데 왜 이렇게 되는 거야? 역시 이 세상은 결코 좋은 일이라고는 없는 곳일까?

그럴 리 없어. 반드시 어떻게든 될 거야. 미사끼는 절대 죽지 않을 거라고, 지금까지 그렇게 믿어왔잖아.

"괜찮아, 금방 구급차 올 테니까, 괜찮을 거야……."

미사끼를 안은 할머니 옆에 모여 울음을 참고 구급차를 기다리는 동안 나는 계속 그 말만 되풀이했다.

미사끼는 병원에 옮겨지자마자 많이 진정되었고 링거주사를 맞으며 아이스크림 먹고 싶다고 보채기도 했다. 입원해서 상태를 지켜보기로 했지만 의사 선생님 말로는 금방 퇴원할 수 있을 거란다. 다만, 앞으로는 절대로 흥분하게 하거나 과격한 운동을 시키지 말라고 당부했다.

미사끼보다도 엄마 아빠가 걱정이었다. 아빠는 책임감을 느껴선지 풀이 죽었고 엄마는 아빠가 술을 잔뜩 먹게 내버려 둔 걸 후회해서인지 지병이던 천식 발작을 일으켰다. 병원에서 너무 상태가 나빠져서 빈 침대에 누워 엄마도 링거주사를 맞고 있다. 혹시 또 옛날처럼 엄마도 미사끼와 같이 입원할지 모른다. 이 년 전쯤 둘이 입원했을 때의 괴로웠던 기억이 떠올라 가슴이 꽉 막혔다.

그러나 지금은 할머니도 함께 살고 있고 믿음직스럽지는 않지만 그래도 도망치지 않는 아빠도 같이 있지 않은가. 예전에 비하면 나 혼자 고민할 일은 아무것도 없다.

단지 갑자기 다시 도진 엄마의 지병이 걱정스러울 뿐이다. 요 이
년간 거의 발작도 없어 완전히 잊어버리고 있었지만, 원래 가을은
발작이 일어나기 쉬운 계절이다. 내가 좀 더 도와주었어야 했는데
요즘 계속 늦는 바람에 엄마 일손을 더 바쁘게 만들어버렸다. 계속
건강했었으니까 아르바이트하는 것도 당연하다고 생각했고 병이
있다는 것조차 잊고 있었다. 깜빡하고 말았다.

훌쩍 떠나버리는 버릇은 없어졌지만 아빠는 당분간 실업수당밖
에 받을 수 없다. 가계를 엄마의 아르바이트에 의지해야 하는데 그
렇게 힘든 재봉 일은 함부로 양을 늘릴 수도 없는 데다, 나는 이제
절대로 엄마를 일하게 할 생각이 없다. 이렇게 건강하고 튼튼한 아
들이 있는데 병든 엄마를 일터에 보내다니 아무리 생각해도 이상
하지 않은가. 이젠 나도 어떤 어려운 일이든 견뎌낼 자신이 있으니
까 고등학교를 중퇴하고 일하는 게 가장 좋을 것 같다.

중학교 때도 한때 이런 고민을 했었지만, 이젠 정말 학교를 관두
는 걸 진지하게 생각할 때다.

그러면 눈앞에 닥친 록 파이트, 도저히 나갈 수 없겠지. 학교 그
만두고 일하면 지금까지처럼 밴드 활동은 못 할 거야. 겐따와 시게
와 사또시에게 뭐라고 하면 좋을까.

소아과 병동 로비에서 자동판매기 커피를 뽑으면서 나는 나 자
신의 냉정한 생각에 스스로 놀랐다. 밴드를 계속할까 그만둘까 어

떻게 하나, 고민하는 게 아니라 그만두는 건 당연한데 세 친구에게 어떻게 설명할까를 고민하고 있다. 몇 시간 전까지만 해도 큰 무대에 서는 것, 텔레비전에 나오는 것, 잘만 하면 프로도 될 수 있다는 꿈에 부풀어 있었다는 사실을 믿을 수 없었다. 그것보다 이렇게 간단히 꿈을 포기하려고 하는데도 아무런 망설임이나 괴로움이 없다는 것이 신기했다.

괴로워하며 죽을 것 같아 보이던 미사끼의 모습, 억울해하며 눈물을 올리던 아빠, 힘없이 기침하는 엄마를 바라보면서 어떻게 나 혼자만 꿈을 향해 나아갈 수 있겠는가.

로비의 소파에 앉아 커피 종이컵을 꼭 쥐며 나는 멍하니 그리운 기억을 떠올렸다. 커다란 무대에서 우리 비트 키즈가 화려한 스포트라이트를 받으며 연주하고 있는 눈부신 광경. 그 녀석들을 처음 만났을 때 마치 꿈에서 본 것처럼 낯익었던 일.

……그건 정말 그냥 환상일 뿐이었을까. 그런 생각을 하니 콧속이 찡하니 아팠다.

하늘에 비트를 울리고

다음 날, 나는 아무에게도 연락하지 않고 학교를 쉬었다. 아침부터 할머니는 미사끼의 병실에 붙어 있고, 나는 엄마를 돌보면서 파리한 얼굴로 두 병실을 오가는 아빠를 데리고 집에 가서 필요한 물건을 가져오기도 했다.

침대 커튼이 내려져 있어 엄마가 잠든 줄 알고 베갯머리의 선반에 집에서 가져온 찻잔을 살짝 올려두었다. 조금 탁 부딪치는 소리가 났을 뿐인데 저쪽을 향하고 있던 엄마의 얼굴이 내 쪽을 돌아보았다. 눈 밑에 검푸른 그늘이 진 게 하룻밤 새 영 수척해진 것 같았다.

"미안, 깨워서."

엄마는 어렴풋이 미소를 지으며 살짝 고개를 저었다.

"아까부터 일어나 있었어……."

이어서 뭔가를 말하는 것 같았는데 갑자기 목 안쪽에서 치밀어 오른 기침에 섞여 알아들을 수 없었다. 끓는 가래 때문에 괴로운 듯 몇 번 기침을 하는 사이에 작은 구멍으로 바람이 빠져나오는 듯한 쉭쉭, 바람 소리가 들려 나까지 목 안이 얼얼해졌다. 갑자기 손발까지 저려오면서 불안이 밀려왔다.

어릴 때부터 엄마의 천식 발작에는 익숙해서 이런 때는 어떻게 하면 좋은지 불안한 마음에도 몸은 또렷이 기억하고 있다.

똑바로 누운 자세가 힘들어 보여서 천천히 엄마의 상반신을 일으켜 세운 뒤 무릎 위에 이불을 높이 접어놓고 앞으로 몸을 기울이게 했다. 그러고는 막 가져온 찻잔에 물을 담아 조금씩 입에 흘려넣었다. 등 위쪽을 문지르는 동안 거센 바람처럼 쉭쉭거리던 거친 숨이 조금씩 그렁그렁 소리로 바뀌며 가라앉았다.

엄마는 순식간에 쏟아져 내린 땀 때문에 볼에 달라붙은 머리카락을 떨리는 손가락으로 떼어내고 괜찮다……고 말하는 듯 힘없이 웃었다. 그렇게 억지로 웃지 않아도 되는데.

나도 걱정 말라는 뜻으로 웃음을 보냈다. 그랬더니 억지로 웃음 짓던 엄마의 얼굴이 갑자기 일그러지며 팔자를 그린 입가로 눈물이 줄줄 흘러내리는 게 아닌가.

"미안…… 에이지, 또 힘들게 해서……. 엄마, 괜찮으니까……
미사끼, 보고 와……."

고통스러운 소리를 내는 호흡의 틈새를 노려 말하다 보니 숨이
막혀서 한번 숨을 쉴 때마다 머리를 바르르 떨었다. 나도 모르게 엄
마에게 (태어나서 처음으로) 화를 냈다.

"힘든데 말하지 마! 하나도 안 괜찮잖아! 간호사 불러올 테니까
좀 가만히 있어!"

간호사를 호출하는 것도 답답해서 간호사 대기소까지 마구 달
려갔다.

약물을 흡입하고 링거주사를 맞더니 상태가 조금 진정된 듯 이
번에는 정말 잠이 든 것 같았다. 아빠가 직장에서 쫓겨난 충격과 미
사끼의 발작, 그리고 한동안 잠잠하던 지병의 재발, 이 세 가지 쇼
크가 겹쳐 엄마는 갑자기 쇠약해진 것 같았다. 저녁부터 몇 번이나
이런 발작을 반복하고 있다. 어쩌면 미사끼보다 엄마의 입원이 더
길어질지도 모르겠다는 이야기를 내과 선생님에게 듣고 우리는 망
연자실하고 말았다. 특히 아빠가 그랬다. 풀 죽은 모습으로 내과 로
비의 긴 의자에 얼굴을 감싸 쥐고 앉아 신음만 해댔다.

"에이지, 내일부터 학교 가라. 이번에는 아빠도 도망치지 않고
자기 역할을 할 테니까 병원 뒤치다꺼리는 우리에게 맡겨."

힘없이 고개를 숙인 아빠를 곁눈으로 살피며 할머니가 말했다.
그러나 나에게도 내가 생각하는 나만의 역할이 있다. 벌써 결정했다.

"아니, 앞으로도 병원에는 내가 올 테니까 아빠는 빨리 일자리 찾으러 가라고 해. 입원이 길어지면 또 살림도 어려워질 거 아냐. 학교는 성적도 꼴찌니까 가도 그만, 안 가도 그만이야. 이삼 주 쉰다고 별일 있겠어?"

정말 학교를 그만두기로 한 건 비밀로 하고 싱긋 웃으며 그렇게 말했더니 할머니도 아까 엄마와 꼭 닮은 슬픈 눈으로 억지웃음을 지었다.

그날 밤 집에 돌아와 저녁 준비를 하고 있는데 현관 벨이 '땡동땡 동땡동땡―동' 울렸다.

뭔가 급한 배달인가 하고 엄마의 앞치마를 두른 채 문을 열었더니 겐따와 시게와 사또시가 서 있었다. 아까 벨을 누른 게 누군지 대충 상상이 간다.

"너, 바보 주제에 감기라도 걸렸나 해서 좀 보러 왔는데 꽃무늬 앞치마 같은 거나 두르고 뭐하냐."

겐따는 그 버릇 그대로 까치발을 하고 코끝에 손가락질을 하며 물었다.

"뭐하긴, 저녁밥 준비해."

솔직히 대답했더니 또 욕을 먹었다.

"그거야 보면 알아. 학교 땡땡이친 주제에 왜 저녁 준비 같은 걸 하고 있느냐는 거지."

그걸 설명하자면 좀 길어질 것 같아 세 사람을 거실로 들어오게 했다. 세 명 다 우리 집에 온 적이 있어서 오늘따라 부엌에도 거실에도 인기척이 없는 것이 이상하다는 표정이었다.

코따쯔에 기타를 기대놓으며 사또시가 물었다.

"가족들 다 어디 갔어?"

시게와 겐따도 각각 악기를 세워두고 걱정스러운 얼굴로 나를 바라보았다.

엄마와 동생이 입원한 사실을 말하는 것뿐이라면 주저할 필요도 없지만 뒤이어 록 파이트 건에서 더 큰 일까지 말해야 하니 대체 어디서부터 어떻게 시작해야 좋을지 알 수 없었다.

"음, 모두…… 지금, 병원에 있어."

"누가 아파?"

시게가 물어주는 바람에 거기서부터는 설명하기가 쉬워졌다.

"미사끼의 심장 발작 때문에 저녁에 구급차로 병원에 옮겼어. 엄마도 그 쇼크로 천식 발작을 일으키는 바람에 둘 다 입원이야. 할머니와 계속 같이 있었는데 지금 낭상 목숨이 위험할 정도는 아니라서 나만 먼저 저녁 준비하러 돌아온 거야."

여기까지는 아직 가벼운 이야기라 '힘들겠다.' '괜찮아?'라며 저마다 한마디씩 위로해주었는데 갑자기 시게가 앗! 외치며 파랗게 질렸다.

"그럼 너, 록 파이트는 어떻게 해? 혹시 못 가는 건……."

시게의 말에 천천히 고개를 끄덕였더니 겐따도 파랗게 질려 소리 질렀다.

"뭐야, 에이지가 안 가면 안 되지! 그렇게 열심히 연습했는데 그만둘 거야!?"

"미안……. 그렇지만 할 수 없잖아. 엄마까지 아프니까, 내버려두고 나 혼자 토오꾜오에 갈 순 없어."

"그렇지만…… 그래도, 아까 목숨이 위태로운 건 아니라고 했잖아. 하루 징도 할머니와 아빠에게 맡기고 나녀오면 안 돼? 야, 무탁이다, 에이지."

토오꾜오 가는 거, 나 때문에 망치고 만 거에 대해서 사과하려고 했지만 겐따의 그 말투에 기분이 확 바뀌고 말았다. 우리 집 사정은 아무것도 모르는 주제에 미사끼와 엄마의 목숨이 위태롭지 않으니 가야 한다는 말, 너무 심하지 않나. 아무 어려움도 모르고 자란 어린애다운 그 말이 지금은 너무 신경에 거슬린다.

"말도 안 되는 소리 하지 마. 할머니는 나이도 많고 아빠는 믿을 데라곤 없으니까, 내가 없으면 우리 집은 힘들어. 너희처럼 편한 처지가 아니란 말이야!"

너희라고 해버려서 순간 후회했지만 더는 참을 수 없다. 나는 겐따뿐 아니라 시게와 사또시에 대해서도 나조차 모를 분노를 느끼고, 그 자리에서 해선 안 될 말까지 전부 내뱉어 버렸다.

"나중에 교통비를 준다고는 하지만 신깐센 비용 내는 것조차 우리 집 사정으론 힘들어. 미사끼 치료비와 큰 수술을 위해 돈도 모아야 해서 매달 생활하는 것도 아슬아슬해. 그런 참에 아빠는 회사에서 잘리고 엄마는 쓰러지고……. 토오꾜오는커녕 학교 다니는 것 자체가 무리라고. 우리 집은 이제 내가 학교 그만두고 일하지 않으면 안 돼. 록 파이트 같은 데 신경 쓸 때가 아니잖아!"

한껏 분노를 내뿜어 버렸다. 겨우 평정을 되찾고 친구들의 얼굴을 보았더니 셋 다 무슨 말을 해야 좋을지 고민스러운 듯 묵묵히 나를 바라보고 있었다. 무지 어색한 침묵이 이어진 뒤 겐따가 갑자기 밝은 목소리로 말했다.

"그래, 역시 록 파이트에 가는 거야. 그랑프리 따서 프로 데뷔하면 밴드 그만두지 않아도 되고 돈도 들어오고 일석이조잖아."

프로가 되어 밴드의 CD를 내서 돈을 받는다면……. 정말 그런 게 가능하다면 나도 그러고 싶다. 그렇지만 록 파이트에 나간다고 그랑프리 딴다는 보장도 없고 레코드 회사에 스카우트될 확률은 만에 하나일 것이다.

사또시도 나와 같은 생각을 했나 보다.

"어이 어이, 그전의 지역 대회를 생각해봐. 상상도 할 수 없을 만큼 대실패였잖아. 반드시 그랑프리 딴다고 장담할 수도 없고 레코드 회사에 스카우트될지 안 될지도 모르는 일이야. 설령 프로가 된다고 해도 처음부터 잘 팔릴 리도 없어. 평범한 회사원보다 수입이 적은 프로 뮤지션도 널렸으니까. 밴드를 계속하는 게 집에 도움이 된다는 건 말도 안 돼."

이건 정말 내가 돌아오길 바라는 건지 아닌지 의심스러울 정도로 냉정한 의견. 나도 모르게 '좀 더 꿈을 크게 가져.'라고 말할 뻔했다.

"사또시 바보! 그런 말 하면 에이지 안 오잖아."

겐따가 부루퉁하게 말했다. 그렇다면 아까 이야기는 일단 나를 록 파이트에 데려가려고 달래려는 말일 뿐이었나 보다.

"나는 에이지에게 이번 록 파이트에 나와 달라고 말하는 건 가혹하다고 봐. 모처럼 여기까지 왔는데 아쉽긴 하지만 지금까지 연습한 게 헛되지만은 않았을 거야. 그러니까 에이지네 사정이 좀 좋아질 때까지 밴드는 잠시 접었다가 나중에 다시 시작하는 게 어때?"

시게가 리더답게 발전적인 의견을 냈지만 다시 시작한다고 해도 나는 학교를 그만둘 테니까 방과 후에 생물실에서 연습을 할 수도 없다. 연습에 투자하는 시간도 다를 테니 네 명이 모이는 건 일요일뿐일 것이다.

"그렇지만 나 학교 그만두고 일할 생각이라서 이젠 경음악부에도 못 나가……."

나도 밴드를 계속하고 싶다고 크게 외치고 싶은 기분이지만 어떻게 말을 하면 좋을지 몰라 우물거렸다. 눈앞에 흐릿하게 눈물이 맺혀가는데 갑자기 겐따가 일어서며 외쳤다.

"나 록 파이트 포기 못 해! 내가 만든 노래와 내 목소리가 좁은 학교가 아닌 전국적인 콘테스트에서도 통하는지 어떻게 해서든 시험해보고 싶어. 나에게 이건 내년에 또 나가면 되지, 하는 문제가 아냐. 여기까지 와서 못 나가다니 이건 말도 안 돼. 모두 안 된다고 해도 나 혼자 어쿠스틱 기타 메고서라도 꼭 나갈 거야!"

마지막에는 거의 발을 마구 구르는 듯한 자세로 외치더니 겐따는 몸을 획 돌려 뛰쳐나가 버렸다.

"야 겐따, 기다려, 기타 두고 가지 마!"

겐따가 놓아둔 기타와 자기 기타를 두 손에 들고 사또시가 뒤를 쫓았다. 시게는 베이스를 멘 채 잠시 겐따와 사또시의 뒷모습과 내 얼굴을 번갈아 보다가 "미안, 나중에 연락할게."라는 말을 남기고 그 뒤를 따라갔다.

할머니와 아빠가 돌아오고 나는 저녁 준비에 바빠 밴드 일을 생각할 겨를이 없었다. 다음 날에도 당연히 학교는 안 갔기 때문에 그 뒤로 세 녀석이 어떤 말을 나누었는지 꽤 신경 쓰였지만, 그 결과를 가르쳐주러 온 사람은 의외의 인물이었다.

오후 4시쯤 미사끼의 병실로 문병을 온 노조미 곁에는 K짱이 서 있었다. 안쪽 침대 위에 앉아 있던 미사끼에게 손을 흔들며 병실에 들어오는 노조미와 달리 K짱은 문가에서 머뭇거렸다. 병원에는 별로 익숙하지 않나 보다.

"어? 두 사람 언제부터 친구였어?"

머리를 갸우뚱하며 물었더니 노조미는 조금 장난기 섞인 웃음을 띠웠다.

"글쎄, 언제부터일까. 에이지에게 살짝 비밀로 해두는 것도 좋겠지, K짱."

키꾸찌라고 불렀었는데 어느새 K짱으로 호칭이 바뀌었다. 한때는 K짱과 너무 친하게 지내면 노조미에게 미안하다고 생각한 적도 있었는데 이게 뭐야? 얼굴에 물음표를 잔뜩 매달고 있는 나를 보더니 갑자기 노조미가 웃음을 띠뜨렸다.

"거짓말이야. 비밀 같은 건 아무것도 없어. K짱하고 제대로 이야기해본 건 오늘이 처음. 그치만 이제부터는 친구야."

노조미와 얼굴을 마주 보고 K짱도 살짝 웃었다. K짱은 기분 탓인지 아까부터 힘이 없어 보였다. 뭔가 걱정스러운 일이라도 있는 걸까.

수업이 끝나고 바로 병원에 오려고 돌아갈 준비를 하고 있던 노조미를 K짱이 찾아왔다고 한다. 나에게 할 말이 있으니까 문병 같이 가줄 수 없냐고 해서 기꺼이 데려왔다고 한다.

미사끼를 할머니에게 맡기고 셋이서 대기실 의자에 앉아 K짱의 이야기를 들어보니 이런 고민거리였다.

"어젯밤에 겐따가 우리 집까지 와서…… 요꼬야마 대타로 록 파이트에 가줄 수 없겠냐고 했어."

"어! K짱이 내 대타?"

한순간 놀랐지만 잘 헤아려보니 그것이 최상의 방법일지도 모른 다는 생각이 들었다. K짱이라면 계속 연습하는 스튜디오에 같이 있었으니까 곡뿐만 아니라 드러밍의 세밀한 뉘앙스까지 분명 외우 고 있을 것이다. 요즘엔 싸운드 리플렉션의 연습에도 제대로 참여 할 수 있을 정도로 여러 가지 패턴도 칠 수 있다고 하니, 흠. K짱이 못할 만큼 어려운 프레이즈, 쓰지 않았으니까 괜찮을 거야.

"요꼬야마, 정말 나갈 수 없는 거야? 나는…… 혹시, 비트 키즈가 출연할 수 있는 방법이 이것뿐이라면 나름 열심히 해볼 생각이지 만 그래도 역시 요꼬야마가 치는 게 그 곡에 가장 어울린다고 생각 해. 저기, 하루만 어떻게 안 될까?"

K짱은 고개 숙인 내 얼굴을 옆으로 비껴 보며 말했다.

똑같이 반대쪽에서 들여다보며 노조미도 거들었다.

"저, 하루 토오꾜오에 가는 거라면 내가 할머니 도와주러 올 테 니까 어떻게든 안 되겠니?"

아주 심각하게 생각해봐야 할 상황이면서도 참으로 황홀한 순간 인 것 같기도 하다. 둘 다 내가 결론을 내릴 때까지 계속 이렇게 나 를 들여다볼까……. 아니, 이런 때 그런 불량한 생각을 하다니, 좀 자중해, 에이지.

나는 얼굴을 번쩍 들어 한숨 돌린 다음 K짱에게 말했다.

"하루만 나가면 도리어 나중에 힘들지도 몰라……. 나, 정말 자 퇴하고 일할 생각이거든. 이건 벌써 결정한 일이니까 학교 클럽활동도 이제 끝이야. 밴드 연습 시간도 멤버들이랑 엇갈릴 거고 아마드럼 칠 시간도 없을지 몰라……. 밴드도 드럼도 그만둘 수밖에 없어."

"……어째서!?"

슬프다는 듯 K짱은 미간에 주름을 잡고 비통한 목소리로 외쳤다. 노조미도 화난 얼굴로 말했다.

"에이지, 아저씨가 일자리 잃었다는 이야기는 들었지만 앞으로 이렇게 될지 모르잖아. 지금보다 더 좋은 곳에 취직할지도 모르고. 지금 미사끼도 아주머니도 몸이 안 좋은 건 알아. 그렇다고 그렇게 간단히 포기해도 되는 거야? 모든 걸 그만둔다고 말하기에는 아직 일러. 아무한테도 의논하지 않고 혼자 다 짊어지려는 거…… 그럼 안 돼. 나도 뭔가 힘이 되고 싶어."

나에게 중요한 이야기를 할 때마다 줄줄 눈물을 흘리던 노조미가 울지도 않고 진지한 눈길로 나를 보고 있다. 조금 화난 듯이 보이는 강렬한 눈빛 속에 숨어 있는 부드럽고 상냥한 빛이 내 마음속에 따스한 자국으로 남는다. 숨겨두었던 속마음이 그 빛에 쐬어 부풀어 오르더니 마침내 허물을 벗고 밖으로 몸을 내밀기 시작했다……. 밴드를 그만두자, 드럼을 그만두자고 생각했을 때 아무런 고통도 느끼지 못했던 것은 그렇게 소중한 감정에 튼튼한 껍질을 씌워 절대 바깥으로 나오지 못하게 해두었기 때문이었을 뿐이다. 노조미의 말과 힘찬 눈빛에 밖으로 스르르 풀려나온 속마음이 아프게 가슴을 찔렀다. 심장의 리듬과 함께 가슴에 욱신거리는 통증이 일어나 손끝까지 찌릿찌릿 고통이 전해지는 것 같다.

아, 안 돼. 노조미와 K짱 앞에서 그만 눈물을 흘리고 말았다. 줄줄 흐른다. 도저히 멈출 수가 없다. 아, 꼴사나워.

지금 당장 드럼을 치고 싶다. 늘 내 안에서 튀어 나가고 싶어 하던 수많은 불꽃들이 갈 곳을 잃고 마음 안쪽에서 불타오르고 있다. 손발이 마음대로 움직일 것 같아 꾹 눌렀더니 숨이 막히는 것 같다. 정말 드럼이 치고 싶어, 치고 싶어……. 눈물이 멈추지 않는다.

조용히 울고 있는데 노조미가 "미안해, 미안해." 하며 내 등을 쓰다듬었다. K짱도 걱정스러운 눈길로 보고 있다. 입원 중인 아이들과 그 어머니들이 몰려와 "형 괜찮아?" "힘내."라며 저마다 위로해 주는 바람에 창피한 건지 기쁜 건지 도무지 모를 기분이었다.

잠시 후 울음이 멈춘 뒤에 노조미와 K짱을 병원 버스 정류장까지 데려다 주었다. 벌써 가을이 깊어져 해가 빨리 저문다. 여자애 둘이서 사람도 없는 버스 정류장에 서 있는 건 위험하니까, 부탁받진 않았어도 일단 남자인 내가 버스가 올 때까지 함께 기다리기로 했다.

병원은 시내에서 조금 떨어진 곳에 있다. 정류장 옆에 있는 수확이 끝난 논바닥이 가로등 불빛에 하얗게 떠오른다.

"요꼬야마, 정말 내가 대신 토오꾜오에 가도 돼?"

버스가 오기 바로 전에 K짱이 다시 한 번 물었다.

"응, 갑자기 부탁해서 미안하지만⋯⋯."

그 곡의 포인트라도 좀 가르쳐주었으면 좋았을걸, 아무 말 없이 서 있는 사이에 버스가 왔다. 타기 직전에 K짱은 나를 향해 경례하는 시늉을 하며 웃었다. 노조미는 입으로 '또 올게.'라고 속삭이더니 작게 손을 흔들며 웃었다.

둘을 태우고 간 버스를 바라보면서 나는 여러 가지 일들을 다시 정리하고 다짐했다.

록 파이트에는 나가지 않을 것. 학교를 그만두고 일할 것. 비트 키즈가 이제부터 프로를 목표로 나아간다 해도 절대로 끼지 않을 것. 그렇지만 드럼은 그만두지 않을 테야. 지금은 할 수 없지만 언젠가는 반드시 다시 드럼을 칠 것이다. 내가 얼마나 드럼을 좋아하는지, 그만두고 싶지 않은지, 오늘 다시 한 번 분명히 깨달았으니까.

문화제 날 아침 일찍 신문 배달을 나가려고 하는데 전화가 울렸다.

"네, 요꼬야맙니다."

"잘됐다. 아직 집에 있어서."

평소보다 조금 부드러운 겐따의 목소리였다.

"미안. 마음대로 대타 세우고 마음대로 가고⋯⋯. 그렇지만 혹시 그랑프리 따서 메이저 데뷔하면 에이지가 드럼 쳐줬음 좋겠어. 팬

찮지?"

변함없이 꿈같은 소리를 하고 있다. 그런 건 일단 불가능하게 됐
어. 나, 가족을 위해 취직하기로 결심해서 프로 밴드는 잊기로 했어.

그건 무리라고 말하려 했는데 입이 멋대로 움직였다.

"글쎄, 그렇게 되면 다시 생각해볼 테니까, 열심히 하고 와."

잠시 동안 수화기에서는 잡음밖에 들리지 않았다. 불쑥 낮게 잠
긴 목소리로 '꼭 그랑프리 딸 테니까……'라는 중얼거림과 함께 전
화는 뚝 끊어졌다.

문화제라 오늘은 노조미도 오지 않아서 미사끼와 놀아주는 게
힘에 부친다. 그림책은 방금 다 읽어주었고 선반 위에는 며칠 동안
종이로 접어준 동물들이 가득하다. 집에 있을 때는 날씨만 좋으면
공원에 나가 그네라도 태워줄 수 있는데 병원이라 고작 로비에서
텔레비전을 보는 정도다.

온전하게 건강을 되찾아 퇴원을 눈앞에 둔 미사끼는 잠시 한눈
만 팔아도 금방 다른 병동까지 탐험을 가버리는 통에 텔레비전 앞
에 잡아두려고 로비로 데려갔다.

외래환자의 대기실로도 쓰이는 로비는 국경일 오후라 그런지 사
람도 드문드문하고 큰 화면의 텔레비전을 보러 온 입원 환자들만
여기저기 자리를 잡고 앉아 있을 뿐이었다. 나와 미사끼가 로비에
도착했을 때 마침 3시를 알리며 화면이 바뀌었다.

뉴스에서 갑자기 화려한 스포트라이트가 이리저리 춤을 추는 무대로 화면이 바뀌었다.

혹시 하는 생각에 텔레비전을 주목했더니 화면 중앙에 '록 파이트 ACT 3'라는 자막이 떠올랐다. 역시 이거야. 텔레비전에서 생중계 한다고 하더니 정말이었어.

"잠깐만요! 이거 보고 싶어요!"

채널을 바꾸려고 손을 뻗던 입원 환자 아저씨가 내 큰 목소리에 놀라 손을 거두었다. 각 지역의 밴드를 순서대로 불러내 관객에게 소개하는 데서 시작했다. 긴 방송이라 전부 보는 건 다른 사람들에게 미안하니까 소개하는 장면만이라도 봐두고 싶었다. 녀석들의 밝은 모습이 비칠 테니까.

언제 나올까 기다리는데 그 레젠디아가 무대 위로 뛰어올랐다. 변함없이 화려한 천사 스타일이었는데 텔레비전 화면을 통해 만나고 보니 조금 안다는 이유로 아릿한 그리움이 솟아올랐다.

이젠 나오겠지 했더니 또 다른 밴드였고, 그다음에는 큐우슈우를 비롯한 다른 지역의 대표들이었다. 어, 처음부터 꼼꼼히 다 봤는데 언제 건너뛴 거야? 모든 밴드가 나와 정렬하고 있는데도 '비트 키즈+드러머 K짱'의 모습은 보이지 않았다.

고개를 갸우뚱하며 보고 있는데 사회자가 말했다.

"칸사이 지역 대회에서 세 번째로 뽑힌 비트 키즈는 멤버의 가정 사정으로 오늘 출연을 포기한다는 연락이 왔습니다. 아아, 최연소 고등학생 밴드의 힘찬 연주가 기대됐는데 정말 아쉽군요."

"엉!? 출연 포기!?"

오늘 아침 겐따가 전화로 '그랑프리 따고 올게.'라고 했는데 왜 갑자기 포기한다는 거야? 이해가 안 간다. 나는 더딘 사고 회로를 엄청난 속도로 돌리면서 텔레비전에서 눈길을 뗐다. 왜 포기했는지 물어보려고 겐따의 휴대전화로 연락해보려 했지만 전화카드에 10엔밖에 남아 있지 않아 일단 미사끼의 병실로 돌아가기로 했다.

싫다고 칭얼대는 미사끼를 짐짝처럼 들쳐 메고 소아과 병동으로 가는 복도를 걷고 있는데 소아과 간호사 대기소 쪽에서 말다툼하는 소리가 들렸다.

"좀 어때서 그래요. 악기 갖고 들어간다고 병실에서 라이브라도 할 줄 아세요?"

에? 어라? 저 바보 같은 목소리는 겐따 아닌가. 서둘러 복도 모퉁이를 돌아보니 간호사 대기소 앞에서 어물쩍 서 있는 저놈들, 분명 비트 키즈 아닌가. 이 녀석들 대체 왜 텔레비전 속이 아닌 이런 데서 우물쭈물하고 있는 거야!?

"어이, 여기서 뭐해? 혹시 신깐센 못 탄 거……."

내 목소리에 돌아보는 녀석들 표정이 기차를 놓쳐버린 것치고는 아주 밝다. 얼토당토않은 소동에 휘말리고 만 K짱까지 밝게 웃으며 손을 흔든다.

"어이, 멍청이 에이지. 제시간에 신깐센을 타고도 왕복 티켓 버리고 왔단 말이야. 아까워 죽겠어."

"어, 뭐 잊어버린 거라도 있었어?"

그랬더니 겐따와 시게와 사또시 세 놈이 한꺼번에 달려들어 내 머리를 마구 때린다.

"이런 멍청이! 우리가 그렇게 바본 줄 아냐?"

"잊고 간 건 너라고."

내 머리를 죽어라 내리치던 시게의 눈이 희미하게 빛나는 것을 보고 나는 깜짝 놀랐다. 자세히 보니 사또시도 겐따의 눈에도 똑같은 물방울이 맺혀 있다.

시게는 머리를 때리던 손길을 뚝 멈추더니 이번에는 겐따의 머리를 왼팔로 감싸고 오른손으로 퍽퍽 내려치기 시작했다.

"이 자식이 나고야까지 갔을 때 갑자기 돌아가자고 하는 바람에……. 겐따만 괜찮다면 우린 언제 포기해도 상관없었는데 왜 거기까지 가놓고 그런 소릴 하느냔 말이야."

시게의 팔에서 금방 벗어나 겐따는 머리를 문지르며 조금 투덜댔지만 바로 싱긋 웃으며 말했다.

"아침에 너희 집에 전화하고 난 다음에 마음에 걸리는 게 있어서. 그때까지는 오로지 그랑프리 따서 에이지도 함께 프로가 될 수 있도록 힘내자는 생각뿐이었는데, 에이지 네가 열심히 하고 오라는 말을 한 그때부터 뭔가…… 이건 아니라는 생각이 들었어."

그렇게 말하며 겐따는 웃음기 어린 진지한 눈으로 나를 보았다.

"역시 가장 중요한 무대에 설 때는 에이지도 함께여야 한다는 생각이 들었거든. 괜히 우리한테 휘말려서 고생한 K짱에게는 미안하지만 우리 드러머는 역시 에이지야. 너를 버리면서까지 왜 그렇게 올해의 대회에 목숨을 걸었는지 나 자신도 이해가 안 갈 정도야. 나에게는 화려하게 빛나는 미래가 있으니까, 에이지를 잠깐 기다려 줘도 절대 늦지 않을 테니까."

시게도 사또시도 그새 미사끼를 가슴에 안은 K짱도 겐따의 말에 귀를 쫑긋 세우고 있었다. 물론 나도 입을 딱 벌리고, 뭐가 뭔지 모른 채 겐따의 이야기를 가만히 들었다.

절대로 늦지 않는다니, 대체 어디에 안 늦는다는 건지 모르겠지만 어쨌든 모두 나를 위해 일부러 돌아왔다는 것만은 알 수 있었다. 나고야까지 가서 돌아오다니, 뭐라 말할 수 없을 만큼 기쁘다.

"록 파이트는 포기했지만 문화제의 경음악부 콘서트라면 아직 늦지 않았을 것 같아서…… 다 같이 데리러 온 거야."

K짱이 무척이나 환한 미소로 모두를 향해 끄덕이며 말했다. 시게도 끄덕이며 말했다.

"록 파이트를 위해 연습해둔 곡만이라도 좋으니까 문화제에서 해보자. 그 정도 시간이라면 같이 갈 수 있지? 에이지."

나는 두말없이 목이 빠질 만큼 힘차게 끄덕였다.

다행히 오늘은 아침부터 엄마의 상태가 좋아서 잠깐 할머니에게 두 사람을 맡기고 소아과 간호사들에게 시끄럽게 군 것을 사과한 뒤 친구들과 함께 서둘러 학교로 향했다. 일부러 돌아와 준 친구들의 마음, 절대 헛되게 하고 싶지 않다.

만약 학교를 그만두고 일하게 된다면 이것이 나의 마지막 무대가 될지도 몰라. 미래의 일은 잠시 접어두고 지금은 오로지 문화제 무대를 성공적으로 마무리 지을 생각만 하기로 했다. 오랜만에 신나게 드럼 칠 생각을 하니까 굉장히 가슴이 두근거려서 심장이 터질 듯이 기뻤다.

4시 전에 경음악부의 콘서트 장소인 체육관에 도착했을 때는 그만 그 자리에 주저앉고 말았다. 체육관 안에는 아무도 없고 1학년 부원들이 악기를 밖으로 옮겨 생물실로 돌아가려고 하는 중이었다.

"벌써 끝났어……?"

K짱의 질문에 1학년 녀석이 죄송하다는 듯 대답했다.

"선배들이 메인인데 안 나오니까 관객들도 별로 없고, 분위기도 영 아니라서 다들 연주도 대충대충 하는 바람에 예정보다 삼십 분이나 일찍 끝났어요."

텅 빈 체육관 안에서 우리 다섯 명은 얼굴을 마주 보고 잠시 멍하니 서 있었다. 토오꾜오도 안 가고 여기까지 왔는데 벌써 끝났다니.

한숨을 쉬고 어깨를 늘어뜨리는데 갑자기 사또시가 손뼉을 짝 쳤다.

"나한테 좋은 생각이 있어. 아까 악기 옮기던 녀석들 좀 불러와. 도와달라고 하자."

사또시는 후배들에게 악기와 앰프를 어떤 장소까지 옮기라고 부탁했다. 다른 후배들은 철물점에 기다란 전선을 몇 줄 사러 보내고는 그것도 어떤 장소로 가져오라고 했다. 그리고 우리도 물론 그곳으로 자리를 옮겨 준비를 시작했다.

사또시의 계획은 너무 엉뚱한 것이었지만 이게 성공한다면 분명 평범한 라이브보다 무지 재미있을 것이다. 모두가 어떤 얼굴을 할지 무척 기대된다.

우리는 아무도 모르게 준비를 마치고 그곳에 대기하고 있었다. 나를 돌아보며 겐따가 고개를 끄덕이자 전교생의 주목을 끌기 위한 폭발적인 라이브 첫 번째 곡에 돌입했다.

익숙한 「록앤드롤」의 도입부 드럼 솔로를 치며 나는 투명한 파란 하늘을 올려다보았다.

튀어 오르는 기타 소리도 베이스 소리도 최고다. 전선과 전선을 엄청 위험하게 연결해놓았지만 앰프는 제대로 작동하는 것 같다. 물론 마이크 상태도 최상. 내 자리에서는 보이지 않지만 하늘에서 떨어지는 쏙발음의 정체를 확인하려고 학생들이 하나둘씩 교정으로 나오고 있는 것 같다.

겐따는 마이크 스탠드에서 마이크를 뽑아 일부러 가장자리까지 나가 난간 위로 상반신을 내밀고 노래했다. 여자아이들의 비명과 함성이 파도처럼 밀려든다.

전문가의 시선으로 본다면 아무래도 음향이 좀 어설프지만 탁 트인 옥상에서 연주하는 게 정말 기분 좋았다. 푸르디푸른 하늘을 향해 번개를 쏘아 올리는 기분으로 소리를 터뜨린다. 라이브 하우스의 어두운 밤하늘로 쏘아 올리는 불꽃도 최고지만 푸른 하늘에 직접 소리를 터뜨리는 것 역시 최고다. 순식간에 네 명의 연주는 고조되어 사또시도 겐따도 난간을 넘어갈 듯한 기세로 멋진 퍼포먼스를 보여주고 있다.

두 번째 곡 「On Your Beat」의 도입부를 치기 시작하는데 뒤에서 소리가 들렸다.

"너희 여기서 뭐하는 거야!!"

계단을 뛰어올라 문을 난폭하게 열어젖히며 번들이가 나타났다. 으, 마지막에 옥상으로 올라온 놈이 제대로 문을 잠갔어야지…… 라고 이제 와 불평한들 무슨 소용일까. 무력으로 제지당할 때까지는 포기하지 않고 연주할 수밖에 없다.

의외로 번들이는 한마디 소리를 질렀을 뿐 그 자리에서 꼼짝도 하지 않았다. 드럼을 치면서 살짝 돌아보니 번들이는 문과 자신의 거대한 등을 이용해 아오끼 선생님을 비롯한 올라오려는 무리를 가로막고 있었다. 엄청난 파워와 근성이다. 우리는 조금…… 아니, 많이 감동했다.

교정에서 들리는 환성과 번들이에게 가로막힌 선생님들의 화난 목소리를 배경으로 비트 키즈의 게릴라 라이브는 계속되었다.

아까 옥상으로 악기를 옮기다 겐따가 한 말을 떠올리며 나는 친구들의 소리를 하나로 엮어내는 비트를 쳤다.

"얼마 전에 잘 기억이 안 나던 '진짜 하늘색' 이야기, 갑자기 떠올랐어. 진짜 하늘색 물감은 말이지, 활짝 갠 파란 하늘만이 아니라 진짜 하늘처럼 맑기도 하고, 구름이 끼기도 하고, 노을이 지기도 하고, 밤이 되기도 하는 하늘을 그릴 수 있는 물감의 이야기였어……. 나, 계속 착각하고 있었나 봐. 푸른 하늘만이 진짜 하늘은 아니잖아. 비가 내리기도 하고 달이 보이지 않는 어두운 밤이 이어지기도 하지만 언젠간 다시 푸른 하늘이 돼……. 그게 진짜 하늘색이지. 그치, 에이지."

아무리 비가 억수같이 쏟아지는 하늘도, 어두운 밤하늘도 나는 하나도 무섭지 않다. 언젠가는 분명 활짝 갠 푸른 하늘을 볼 수 있을 테니까.

파란 하늘을 배경으로 노래 부르며 뛰어오르던 겐따가 다시 한번 돌아보며 웃었다.

Step On Your Beat

For Your Dream

꿈으로 가는 계단을 뛰어오르는 거야.

포기하지 마. 올려다봐.

진짜 하늘의 푸른빛에 손이 닿을 때까지.

에필로그

나나오, 잘 지내?

지난번에 보내준 비디오의 답례 비디오야. 엄청 멋진 비디오를 찍어 보내려고 했는데 그 대신에 좀 웃긴 비디오를 보낼게. 보면 믿을 수 없을지 모르겠지만 이것도 텔레비전에 나온 거라고.

학교 그만둔다는 이야기, 웬일인지 그 아오끼 선생님이 우리 학교에 야간이 있으니까 거기 편입해서 졸업하라고 했어. 그래서 지금 낮에는 키리야마 씨의 찻집에서 일하고 저녁에 비트 키즈의 연습이 있는 날에는 생물실에서 밴드 연습, 밤에는 학교에서 공부……. 꽤 힘든 나날이야. 그래도 찻집 일, 꽤 적성에도 맞고 요즘은 요리까지 만들 수 있게 되어서 잘한다고 손님들에게 칭찬도 받았어. 이 찻집의 '간판 소년(?)'이라나.

아빠는 결국 취업난으로 같은 직종을 찾지 못해서 지금은 근처 슈퍼에서 아르바이트하고 있어. 의외로 서비스업이 잘 맞는지 아줌마들에게 인기가 좋아서 어쩌면 정사원으로 채용될지도 모른대.

미사끼와 엄마의 병은 회복되었지만 완치된 게 아니라 아직은 안심하기 어렵대. 그래도 할머니가 건강하신 한 우리 집은 괜찮을 거야. 가끔씩 노소비노 미사끼를 보러 와주고.

비트 키즈는 일단 '세계 제일의 고등학생 밴드'를 목표로 맹연습 중이야. 문화제의 옥상 라이브 이후로 교내 여자아이들에게 대인기, 근처 주민들에게는 엄청 미움을 받고 있지만. 겐따는 여전히 '전설의 로커'가 되는 꿈(……그게 꿈이야?)을 못 버리고 또 뭔가 대단한 짓을 저지를지도 몰라.

내 근황은 이 정도.

비디오의 감상문은 진짜 필요 없어. 답례 비디오도 딱히 필요 없고.

뭔가 보답하지 않아서 켕기면 한번 오오사까로 와.

돌아오면 노조미도 코지마도 비트 키즈도 모두 모여서 성대한 환영회를 열어줄 테니까. 오오사까의 맛있는 오꼬노미야끼가 먹고 싶어지면 언제라도 돌아와.

그럼 안녕.

에이지가

이제 우리의 주인공 에이지는 고등학생이 되었습니다. 중학교 때의 둘도 없는 친구 나나오는 자신의 꿈을 찾아 드럼을 공부하러 미국으로 떠나고, 에이지 역시 겐따, 시게, 사또시라는 새로운 친구들을 만나 록밴드를 만들어 드러머의 꿈을 키워갑니다. 그렇지만 에이지의 집안 사정은 변함없이 좋지 않습니다. 어머니와 여동생은 몸이 약하고, 술과 노름에서 벗어나 애써 마음을 다잡은 아버지도 직장에서 쫓겨나고 맙니다. 그런데도 에이지는 밝고 건강합니다. 남보다 공부를 잘하는 것도 아니고, 그렇다고 집안 형편이 넉넉한 것도 아닌데 말입니다. 왜일까요?

그건 아마도 에이지에게 꿈이 있기 때문일 것입니다. 저 푸른 하늘을 향해, 이 세상을 향해, 자신의 비트를 두둥, 찬란한 불꽃처럼 쏘아 올리고 싶다는 한 가지 바람 덕분입니다.

그렇지만 세상은 에이지의 간절한 꿈에 그다지 호락호락하지만은 않은 것 같습니다. 세상은 꿈을 이룰 수 있는 무대를 마련해주기도 하지만, 한편으로 그 꿈을 가로막는 장애물이 되기도 합니다. 에이지의 밴드도 이제 그 세상이란 벽에 부딪쳐 한차례 고비를 맞이합니다. 비트 키즈가 처음으로 맞닥뜨리는 세상의 차가운 현실은 록을 나짜고짜 삐딱하게 바라보는 어른들의 시선입니다. 그들은 록이 기존의 질서를 깨뜨리고 비틀어버리는, 바람직하지 못한 음악이라고 생각합니다. 이 세상의 많은 어른들은 이미 노련하게 잘 다듬어진 나름의 기준을 가지고 있습니다. 그리고 그중 어떤 어른들은 자신의 기준을 지키는 범위 안에서만 타인의 행동을 용납하려는 좁은 생각을 갖고 있기도 합니다. 하긴 누구에게나 자신이 소중하게 여기는 기준은 필요합니다. 그렇지만 그 기준을 다른 사람들에게까지 일방적으로 너무 가혹하게 들이대는 경우가 있다는 게 안타까운 점입니다. 에이지와 친구들은 오래된 생고무처럼 마음이 굳어버려서 음악을 향한 자신들의 열정을 몰라주는 어른들에게 상처를 받습니다. 그래도 에이지는 여전히 밝은 미래를 봅니다. 그것은 자신을 외면하는 세상의 냉정한 현실들과 부대끼며 하나의 작은 깨달음을 얻은 까닭입니다.

에이지가 얻은 깨달음은 바로 진짜 하늘이 마치 팔레트 속의 하늘색 물감처럼 늘 파랗기만 한 건 아니라는 것입니다. 진짜 하늘은 때때로 짙은 구름이 끼기도 하고, 비를 뿌리기도 하고, 눈이 내리기도 합니다. 그렇지만 하늘은 언제고 반드시 파랗고 투명한 빛을 드러냅니다. 에이지는 여러 가지 다양한 표정을 가진 하늘, 그것이 현실이라는 사실을 깨닫습니다. 이것은 자신에게 찾아온 어려움을 피하지 않고, 고통조차 성실하고 치열하게 견뎌냈기 때문에 얻을 수 있었던 뜻깊은 깨달음입니다.

그리고 에이지의 깨달음이 한결 빛나는 것은 그 과정에 친구들의 웃음과 눈물, 격려와 응원이 함께 녹아 있기 때문입니다. 우여곡절 끝에 더 넓은 무대에서 자신들의 음악을 뽐낼 기회를 얻은 비트키즈. 그러나 에이지는 아버지의 실직과 어머니, 여동생의 입원으로 그 무대를 포기해야 할 처지에 놓입니다. 이때 친구들이 내리는 결정이 사뭇 가슴 뭉클합니다. 서로가 음악을 얼마나 진심으로 아끼고 있는지 누구보다 잘 아는 사이이기에, 에이지를 위해 큰 무대를 함께 포기하는 친구들의 모습은 더욱 값지게 느껴집니다. 겐따를 비롯한 에이지의 친구들은 그것을 희생이라고 생각하지 않습니다. 섣부른 감상에 빠지지도 않습니다. 이 친구들에게는 음악을 사랑하는 만큼, 스스로의 마음에 대한 그 이상의 믿음이 있는 것입니다. 음악을 향한 이들의 깨끗하고 순수한 열정은 그 무엇도 거리낄 게 없습니다. 자신들이 좋아하는 록을 비웃는 시선에 끄떡없었듯이, 앞으로 또 다른 어떤 어려움이 닥쳐도 이들은 꿋꿋이 자신들만의 길을 걸어갈 것입니다. 이들의 선택은 무작정 미래에 대한 고민이나 불안이 없었기 때문에 이루어질 수 있었던 게 아닙니다. 에이지와 친구들의 소중한 선택은, 고민과 불안을 넘어서는 뜨거운 믿음이 이들의 마음속에 굳센 용기로 뿌리내려 얻은 열매입니다.

아마 지금쯤 비트 키즈의 네 소년들은 모두 어엿한 어른이 되었을 테지요. 가끔은 어쩌면 자그마한 불행들이 그들의 일상을 괴롭히고 있을지도 모릅니다. 하지만 지금 당장 그들이 행복한지, 불행한지는 그게 중요하지 않습니다. 어디서든 세상을 향해 마음껏 비트를 쏘아 올리고 있다면, 그들은 언젠가 찾아올 행복을 씩씩하게 맞이할 준비가 된 셈이니까요. 흐리기도 하고, 눈비가 내리는 날도 있지만, 그들의 하늘은 어느새 말간 얼굴을 내밀 거라는 걸 우리도 함께 믿어봐도 좋지 않을까요.

2009년 4월
양억관

창비청소년문학 17

비트 키즈, 이번에는 록이다

초판 1쇄 발행 • 2009년 4월 24일
초판 7쇄 발행 • 2017년 10월 12일

지은이 • 카제노 우시오
옮긴이 • 양억관
펴낸이 • 강일우
책임편집 • 이하나
펴낸곳 • (주)창비
등록 • 1986년 8월 5일 제85호
주소 • 10881 경기도 파주시 회동길 184
전화 • 031-955-3333
팩시밀리 • 영업 031-955-3399 편집 031-955-3400
홈페이지 • www.changbi.com
전자우편 • ya@changbi.com

한국어판 ⓒ (주)창비 2009
ISBN 978-89-364-5617-7 43830